GEORGE ORWELL

George Orwell

A Revolução dos Bichos

GAZETA DO POVO + **LVM EDITORA**

2022

Título original: *Animal farm*

O texto original encontra-se em domínio público.

Copyright de tradução: Gazeta do Povo

Os direitos desta edição pertencem à LVM Editora, sediada na
Rua Leopoldo Couto de Magalhães Júnior, 1098, Cj. 46
04.542-001 • São Paulo, SP, Brasil
Telefax: 55 (11) 3704-3782
contato@lvmeditora.com.br

Gerente Editorial | Chiara Ciodarot
Editor-Chefe | Pedro H. Alves
Tradutor(a) | Gisele Eberspächer
Ilustrador | Osvalter Urbinati
Copidesque | Roberta Sartori
Capa | Mariangela Ghizellini
Diagramação | Sônia Butie / Spress
Impressão | Gráfica Viena

Impresso no Brasil, 2022

Dados Internacionais de Catalogação na Publicação (CIP)
Angélica Ilacqua CRB-8/7057

O87r   Orwell, George, 1903-1950
        A revolução dos bichos / George Orwell ; tradução Gisele Eberspächer ; ilustrações de Osvalter Urbinati. - São Paulo : LVM Editora, 2022.

        120 p. : il.

    ISBN 978-65-86029-65-9
    Título original: Animal Farm

    1. Ficção inglesa I. Título II. Eberspächer, Gisele III. Urbinati, Osvalter

22-1615   CDD-823

Índice para catálogo sistemático:
1. Ficção inglesa

Reservados todos os direitos desta obra.
Proibida a reprodução integral desta edição por qualquer meio ou forma, seja eletrônica ou mecânica, fotocópia, gravação ou qualquer outro meio sem a permissão expressa do editor. A reprodução parcial é permitida, desde que citada a fonte.

Esta editora se empenhou em contatar os responsáveis pelos direitos autorais de todas as imagens e de outros materiais utilizados neste livro. Se porventura for constatada a omissão involuntária na identificação de algum deles, dispomo-nos a efetuar, futuramente, as devidas correções.

SUMÁRIO

Capítulo I 07

Capítulo II. 17

Capítulo III 27

Capítulo IV 35

Capítulo V 43

Capítulo VI 55

Capítulo VII 65

Capítulo VIII 77

Capítulo IX 91

Capítulo X 103

CAPÍTULO I

CAPÍTULO I

O Sr. Jones, da Fazenda Solar, tinha trancado os galinheiros como toda a noite, mas estava bêbado demais para se lembrar de fechar as portinholas laterais. Com o círculo de luz de sua lanterna dançando de um lado para o outro, ele se espreitou pelo pátio, tirou as botas na porta dos fundos da casa, encheu um último copo de cerveja no barril da copa e subiu para a cama, onde a Sra. Jones já estava roncando.

Assim que a luz do quarto se apagou, houve uma agitação e um rebuliço em todas as instalações da fazenda. Durante o dia, havia se espalhado a notícia de que o velho Major, um porco da raça *middle white* magnífico, tivera um sonho estranho na noite anterior e desejava contá-lo aos outros animais. Todos combinaram que deveriam se encontrar em segurança no grande celeiro assim que o Sr. Jones estivesse fora do caminho. O velho Major (assim o chamavam, embora seu nome de exibição fosse Beleza de Willingdon) gozava de tanto respeito na fazenda que todos estavam prontos para perder uma hora de sono a fim de ouvir o que ele tinha a dizer.

O Major já estava acomodado sobre uma cama de palha em uma das extremidades do grande celeiro, em cima de uma espécie de plataforma elevada sob uma lanterna pendurada em uma viga. Ele tinha doze anos de idade e já se encontrava bastante rechonchudo, mas ainda era um porco majestoso, com uma aparência sábia e benevolente, apesar de suas presas nunca terem sido cortadas. Em pouco tempo os outros animais começaram a chegar e a se aconchegar, cada um à sua maneira. Primeiro vieram as três cachorras, Lulu, Mimi e Pipa, e depois os porcos, que se assentaram na palha imediatamente em frente à plataforma. As galinhas se empoleiraram nos parapeitos das janelas, os pombos se agitaram até as vigas, as ovelhas e as vacas se deitaram atrás dos porcos, logo começando a ruminar. Os dois cavalos de carga, Golias e Esperança, entraram juntos, andando muito devagar e pisando com seus cascos peludos com muito cuidado para não machucar qualquer animal de pequeno porte que estivesse escondido na palha. Esperança era uma égua de criação robusta que se aproximava da meia-idade, sem ter recuperado a forma depois seu quarto potro. O Golias era uma besta enorme, com mais de um metro e oitenta de altura, e tão forte quanto dois cavalos comuns juntos. Uma faixa branca em seu nariz lhe dava um ar um pouco estúpido e, de fato, ele não era tão inteligente assim, mas todos o respeitavam por conta de sua firmeza de caráter e de seu imenso talento para o trabalho. Depois dos cavalos vieram Muriel, uma cabra branca, e Benjamin, um burro. Benjamin era o animal mais velho da fazenda, e o mais mal-humorado. Raramente falava e, quando falava, geralmente era para fazer algum comentário cínico – ele dizia, por exemplo, que Deus lhe havia dado um rabo comprido para manter as moscas longe, mas que ele preferia não ter nem o rabo, nem as moscas. Solitário entre os animais da fazenda, nunca ria. Se lhe perguntassem por que, ele diria que não via graça em nada. Entretanto, sem admitir abertamente, dedicava algum tempo ao Golias. Os dois geralmente passavam seus domingos juntos no pequeno cercado além do pomar, pastando lado a lado sem falar nada.

    Os dois cavalos tinham acabado de se deitar quando uma ninhada de patinhos, que haviam se perdido de sua mãe, entrou no galpão, piando baixinho e vagando de um lado para o outro para encontrar algum lugar onde não corriam riscos de serem pisoteados. Esperança fez uma espécie de muro em torno deles com sua longa pata dianteira, onde os patinhos se aninharam e logo adormeceram. Mollie, a tola e linda égua branca que puxava a carroça do Sr. Jones, chegou no último instante, trotando delicadamente e mastigando um torrão de açúcar. Ela encontrou um lugar perto da frente e começou a balançar sua crina branca, na esperança de chamar a atenção para as fitas vermelhas que ornavam suas tranças. Por último veio a gata, que, como sempre, procurou o lugar mais quentinho e finalmente se espremeu entre Golias e Esperança; ela ficou lá, ronronando durante todo o discurso de Major sem ouvir uma palavra do que ele estava dizendo.

Agora todos os animais estavam presentes, exceto Moisés, o corvo dócil que dormia em um poleiro atrás da porta dos fundos. Quando Major viu que todos eles estavam confortáveis e esperavam atentos, limpou a garganta e começou:

"Camaradas, vocês já ouviram falar do estranho sonho que eu tive ontem à noite. Mas chegarei ao sonho mais tarde. Tenho algo mais importante para dizer antes. Não creio, camaradas, que estarei com vocês por muitos mais tempo e, antes de morrer, sinto o dever de transmitir-lhes toda a sabedoria que adquiri. Tive uma vida longa e muito tempo para pensar enquanto estava deitado sozinho em minha baia e acho que posso dizer que compreendo a natureza da vida nesta terra, assim como de qualquer animal que está vivo sobre ela agora. É sobre isto que desejo falar com vocês.

"E qual é, camaradas, a natureza desta nossa vida? Vamos encarar a verdade: nossas vidas são miseráveis, laboriosas e curtas. Nascemos, recebemos apenas a quantidade de comida necessária para manter nosso corpo respirando e aqueles de nós que são capazes são forçados a trabalhar até o último fio de nossas forças. No instante em que nossa utilidade chega ao fim, somos massacrados com uma crueldade hedionda. Nenhum animal da Inglaterra sabe o significado da felicidade ou do lazer depois do primeiro ano de vida. Nenhum animal da Inglaterra é livre. A vida de um animal é só miséria e escravidão: essa é a simples verdade.

"Mas será que isto faz parte da ordem da natureza? Será que isso acontece porque nossa terra é tão pobre que não pode proporcionar uma vida decente para aqueles que nela habitam? Não, camaradas, mil vezes não! O solo da Inglaterra é fértil, seu clima é bom e capaz de fornecer alimento em abundância a um número enormemente maior de animais do que os que habitam nela hoje. Até mesmo a nossa fazenda seria capaz de sustentar uma dúzia de cavalos, vinte vacas, centenas de ovelhas – todos vivendo em um conforto e dignidade que agora estão quase além da nossa imaginação.

Por que então continuamos nesta condição miserável? Porque quase todo o produto de nosso trabalho é roubado de nós pelos seres humanos. Essa, camaradas, é a resposta para todos os nossos problemas. Para resumir em uma palavra – o Homem. O Homem é o único e verdadeiro inimigo que temos. Basta remover o Homem de cena que o motivo primário da fome e do excesso de trabalho será abolido para sempre.

"O Homem é a única criatura que consome sem produzir. Ele não dá leite, não põe ovos, é muito fraco para puxar o arado, não consegue correr rápido o suficiente para pegar coelhos. No entanto, ele é senhor de todos os animais. Põe todos para trabalhar e devolve apenas o mínimo necessário para que não passemos fome. O resto ele guarda para si mesmo. Nosso trabalho enche o solo, nosso esterco o fertiliza, e ainda assim não há um de nós que possua mais do que sua própria pele. As vacas que vejo diante de mim: quantos milhares de galões de leite já deram neste último ano? E o que aconteceu com o leite que deveria ter criado bezerros robustos? Cada uma das gotas desceu pela garganta de nossos inimigos. E vocês galinhas, quantos ovos puseram neste último ano e quantos desses ovos já chocaram? Os demais foram todos para o mercado, para trazer dinheiro para Jones e seus homens. E você, Esperança, onde estão aqueles quatro potros que você carregou, que deveriam ser o apoio e o prazer de sua velhice? Cada um deles foi vendido com um ano de idade – e você nunca mais verá qualquer um novamente. O que você já ganhou em troca de quatro partos e de todo seu trabalho nos campos, exceto suas rações secas e uma baia?

"E mesmo essas vidas miseráveis que levamos não têm permissão de chegar ao fim em seu tempo natural. Não resmungo por mim, pois sou um dos sortudos. Tenho doze anos de idade e tive mais de quatrocentos filhos. Assim é a vida natural de um porco. Mas nenhum animal escapa da cruel faca no final. Vocês, jovens porcos que estão sentados à minha frente, cada um de vocês vai gritar por suas vidas dentro de um ano. Esse horror eventualmente encontra todos nós – vacas, porcos, galinhas, ovelhas, todos. Nem os cavalos e os cães têm um destino melhor. Você, Golias, no mesmo dia em que esses seus grandes músculos perderem seu poder, será vendido por Jones para o abatedouro, onde vão cortar sua garganta e te transformar em comida de cão de caça. Quando os cães estiverem velhos e sem dentes, Jones amarrará um tijolo aos seus pescoços e os afogará na lagoa mais próxima.

"Então não é óbvio, camaradas, que todos os males desta nossa vida brotam da tirania dos seres humanos? Livrem-se apenas do Homem, e os produtos de nosso trabalho seriam nossos. Quase da noite para o dia poderíamos ficar ricos e livres. O que devemos fazer? Trabalhar noite e dia, de corpo e alma, para depor a raça humana! Esta é a minha mensagem para vocês, camaradas: Revolução! Não sei quando essa Revolução chegará, pode ser daqui a uma semana ou daqui a cem anos, mas sei, tão certo quanto vejo esta palha debaixo dos meus pés, que mais cedo ou mais tarde será feita justiça. Fixem seus olhos nisso, camaradas, durante o tempo restante de suas vidas! E acima de tudo, passem esta minha mensagem àqueles que vierem depois de vocês, para que as gerações futuras continuem a luta até encontrarem a vitória.

"E lembrem-se, camaradas, seu ímpeto nunca deve vacilar. Nenhum argumento deve levá-los ao engano. Nunca escutem quando lhes disserem que o Homem e os animais têm interesses em comum, que a prosperidade de um é a prosperidade dos outros. Tudo isso é mentira. O Homem não serve aos interesses de nenhuma criatura, exceto dele mesmo. E entre nós, animais, que haja perfeita unidade, perfeita camaradagem na luta. Todos os Homens são inimigos. Todos os animais são camaradas".

Neste momento, houve um tremendo tumulto. Enquanto o Major falava, quatro grandes ratos haviam saído de seus buracos e estavam sentados em seus traseiros, ouvindo-o. Os cães de repente os viram e os ratos só se salvaram porque correram de volta para seus buracos. O Major levantou sua pata para pedir silêncio.

"Camaradas", disse ele, "aqui está um assunto que deve ser resolvido. As criaturas selvagens, como ratos e coelhos, são nossos amigos ou nossos inimigos? Vamos colocar o tema em votação. Proponho esta pergunta para os reunidos: Os ratos são camaradas?"

A votação foi realizada imediatamente, e foi acordado por uma maioria esmagadora que os ratos eram camaradas. Havia apenas quatro dissidentes, os três cães e a gata, que depois descobriu-se que tinha votado de ambos os lados. O Major continuou:

"Estou chegando no fim da minha fala. Apenas repito, lembrem-se sempre de seu dever de inimizade para com o Homem e seus costumes. O que quer que ande sobre duas pernas é um inimigo. O que quer que ande sobre quatro patas, ou que tenha asas, é um amigo. E lembre-se também que na luta contra os seres humanos, não devemos nos tornar parecidos com eles. Mesmo quando o derrotarem, não adotem seus vícios. Nenhum animal jamais deve viver em uma casa, dormir em uma cama, usar roupas, beber álcool, fumar tabaco, usar dinheiro ou se envolver em comércio. Todos os hábitos do Homem são maus. E, acima de tudo, nenhum animal deve jamais tiranizar sobre sua própria espécie. Fracos ou fortes, espertos ou simples, todos somos irmãos. Nenhum animal deve jamais matar nenhum outro animal. Todos os animais são iguais.

"E agora, camaradas, vou lhes contar sobre meu sonho de ontem à noite. Não sou capaz de descrever esse sonho para vocês. Foi um sonho de como a Terra será quando o Homem tiver desaparecido. Mas isso me fez lembrar de algo que há muito tempo eu havia esquecido. Há muitos anos, quando eu era um porquinho, minha mãe e as outras porcas costumavam cantar uma velha canção da qual só conheciam a melodia e as três primeiras palavras. Eu já conhecia essa canção na minha infância, mas há muito tempo ela havia se perdido na minha cabeça. Na noite passada, no entanto, ela voltou para mim em meu sonho. E, mais ainda, as palavras da canção também voltaram, tenho certeza, palavras que foram cantadas pelos animais de muito tempo atrás e que se perderam na memória por gerações. Agora vou cantar essa canção, camaradas. Estou velho e minha voz está rouca, mas quando eu vos ensinar a melodia, vocês poderão cantá-la melhor vocês mesmos. Ela se chama 'Animais da Inglaterra'".

O velho Major limpou a garganta e começou a cantar. Como ele havia dito, sua voz era rouca, mas cantou suficientemente bem. Era uma melodia agitada, algo entre 'Clementine' e 'La Cucaracha'. As palavras correram:

> Animais da Inglaterra e da Irlanda
> Animais daqui ou de acolá
> Ouçam a notícia de esperança
> Do notável tempo que virá
>
> Cedo ou tarde o dia está chegando,
> Em que o tirano cairá ao chão,
> E nos férteis solos da Inglaterra
> Somente os animais passearão.

Sem mais argolas em nossas ventas,
Sem novos pesos a carregar,
Freios e esporas enferrujando
E chicotes sem mais estralar.

Com mais fartura que em nossos sonhos:
Trigo e cevada, feno praiano,
Aveia, feijão e beterraba
Serão o nosso cotidiano.

Brilharão os campos da Inglaterra,
Com águas das mais puras matizes,
Mais doce ainda serão suas brisas
No momento em que estivermos livres.

Lutemos todos por esse dia
Mesmo que ao custo de nossa vida
Vacas, perus, porcos e cavalos
É a liberdade a nossa lida

Animais da Inglaterra e da Irlanda
Animais daqui ou de acolá
Ouçam a notícia de esperança
Do notável tempo que virá

    Cantar esta canção deixou os animais selvagemente excitados. Quase antes de Major ter chegado ao fim, eles já começaram a cantá-la sozinhos. Mesmo os menos espertos já haviam captado a melodia e algumas das palavras, enquanto os mais espertos, como os porcos e cães, tinham decorado a canção inteira em poucos minutos. E então, após algumas tentativas preliminares, toda a fazenda se pôs a cantar "Animais da Inglaterra" em uníssono. As vacas mugiram, os cães uivaram, as ovelhas baliram, os cavalos relincharam, os patos grasnaram. Eles ficaram tão encantados com a canção que a cantaram cinco vezes seguidas, e poderiam ter continuado cantando a noite toda se não tivessem sido interrompidos.

Infelizmente, o alvoroço despertou o Sr. Jones, que saltou da cama, certo de que havia uma raposa no pátio. Ele pegou a arma que sempre estava em um canto de seu quarto, e atirou para a escuridão. As balas se enterraram na parede do celeiro e a reunião se desfez rapidamente. Todos fugiram para seu próprio abrigo. Os pássaros saltaram para seus poleiros, os animais se assentaram na palha e, de repente, toda a fazenda estava dormindo.

CAPÍTULO II

CAPÍTULO II

Três noites depois, o velho Major morreu tranquilamente durante o sono. Seu corpo foi enterrado no pomar.

Isto foi no início de março. Os três meses seguintes foram preenchidos por muita atividade secreta. O discurso de Major havia dado aos animais mais inteligentes da fazenda uma visão completamente nova da vida. Eles não sabiam quando a Revolução prevista pelo Major ocorreria e não tinham nenhuma razão para pensar que seria durante suas vidas, mas viram claramente que era seu dever se preparar para ela. O trabalho de ensinar e organizar os outros acabou recaindo naturalmente sobre os porcos, que geralmente eram reconhecidos como sendo os mais espertos dos animais. Preeminentes entre os porcos eram dois jovens javalis chamados Bola de Neve e Napoleão, que o Sr. Jones estava criando para venda. Napoleão era um javali *berkshire* grande, de aparência bastante feroz, o único desse tipo na fazenda. Não era muito falador, mas tinha uma reputação de conseguir tudo do seu jeito. Bola de Neve era um porco mais vivaz do que Napoleão, mais rápido na fala e mais inventivo, mas não aparentava ter a mesma profundidade de caráter. Todos os outros porcos machos da fazenda eram criados para abate. O mais conhecido entre eles era um pequeno porco gordo chamado Berro, com bochechas muito redondas, olhos cintilantes, movimentos ágeis e uma voz estridente. Ele era um falador brilhante, e quando estava discutindo algum ponto difícil tinha uma maneira de pular de um lado para o outro balançando sua cauda que de alguma forma era muito persuasiva. Diziam que Berro conseguia transformar preto em branco.

Os três tinham elaborado os ensinamentos do velho Major em um sistema completo de pensamento que chamaram de animalismo. Várias noites por semana, quando o Sr. Jones já estava dormindo, eles realizavam reuniões secretas no celeiro e expunham aos outros os princípios do animalismo. No início, eles se depararam com muita estupidez e apatia. Alguns dos animais falavam do dever de lealdade ao Sr. Jones, a quem se referiam como "Mestre", ou faziam observações rudimentares como "o Sr. Jones nos alimenta. Se ele não estivesse aqui, morreríamos de fome". Outros fizeram perguntas como "Por que deveríamos nos importar com o que acontece depois de estarmos mortos?" ou "Se esta Revolução vai acontecer de qualquer maneira, que diferença faz se trabalharmos nela ou não?", e os porcos tiveram grandes dificuldades em fazê-los ver que isto era contrário ao espírito do animalismo. As perguntas mais estúpidas de todas foram feitas pela Mollie, a égua branca. A primeira pergunta que ela fez ao Bola de Neve foi: "Ainda haverá açúcar depois da Revolução?"

"Não", disse Bola de Neve firmemente. "Não temos os meios necessários para fazer açúcar nesta fazenda. Além disso, você não precisa de açúcar. Você terá toda a aveia e feno que quiser".

"E ainda poderei usar fitas na minha crina?" perguntou Mollie.

"Camarada", disse Bola de Neve, "essas fitas das quais você gosta tanto são o símbolo da sua escravidão. Você não consegue entender que a liberdade vale mais do que fitas?"

Mollie concordou, mas não pareceu muito convencida.

Os porcos tiveram uma luta ainda mais difícil para contradizer as mentiras proferidas por Moisés, o corvo dócil. Moisés, animal de estimação favorito do Sr. Jones, era um espião e um mentiroso, mas também um orador esperto. Ele afirmou saber da existência de um lugar misterioso chamado Montanha Doce de Açúcar, para o qual todos os animais iriam quando morressem. Ele estava situado em algum lugar no céu, a uma pequena distância além das nuvens, disse Moisés. Na Montanha Doce de Açúcar era domingo sete dias por semana, a grama crescia o ano inteiro e torrões de açúcar e bolos de linhaça davam em árvores. Os animais odiavam Moisés porque ele só contava histórias e não trabalhava, mas alguns deles acreditavam na Montanha Doce de Açúcar, e os porcos tinham que argumentar muito para convencê-los de que tal lugar não existia.

Seus discípulos mais fiéis eram os dois cavalos de carga, Golias e Esperança. Os dois tinham uma grande dificuldade em pensar qualquer coisa por si mesmos, mas depois de aceitarem os porcos como professores, eles absorveram tudo o que lhes foi dito, e o repassaram tudo para os outros animais com argumentos simples. Eles eram infalíveis em sua participação nas reuniões secretas no celeiro, e lideravam o canto de "Animais da Inglaterra", com o qual as reuniões sempre terminavam.

Mas, no fim das contas, a Revolução foi alcançada muito antes e mais facilmente do que qualquer um havia esperado. Nos anos anteriores, o Sr. Jones, embora fosse um mestre duro, havia sido um fazendeiro capaz, mas, ultimamente, atravessava um mau período. Ele ficou muito desanimado depois de perder dinheiro em uma ação judicial, e tinha começado a beber mais do que devia. Ele se sentava durante dias inteiros em sua cadeira de madeira na cozinha, lendo os jornais, bebendo e ocasionalmente alimentando Moisés com pedaços de casca de pão embebidas em cerveja. Seus homens eram ociosos e desonestos, os campos estavam cheios de ervas daninhas, as construções precisavam de telhados novos, as sebes estavam negligenciadas e os animais não eram bem alimentados.

Junho chegou e o feno estava quase pronto para ser cortado. Na véspera do verão, em um sábado, o Sr. Jones foi para Willingdon e ficou tão bêbado no Leão Vermelho que só voltou ao meio-dia do domingo. Os homens tinham ordenhado as vacas de manhã cedo e depois saíram para caçar lebres, sem se preocupar em alimentar os animais. Quando o Sr. Jones voltou, ele foi imediatamente dormir no sofá da sala de visitas com um jornal cobrindo seu rosto, de modo que, quando a noite chegou, os animais ainda não tinham recebido comida. Finalmente, eles não aguentaram mais. Uma das vacas quebrou a porta do celeiro com seus cornos e todos os animais começaram a se servir direto dos sacos. Foi só então que o Sr. Jones acordou. No momento seguinte, ele e seus quatro homens estavam lá com chicotes nas mãos, estalando em todas as direções. Isto era mais do que os animais famintos eram capazes de suportar. Em concordância, embora não tenham planejado nada de antemão, eles se atiraram sobre seus algozes. Jones e seus homens de repente foram agredidos e chutados de todos os lados. A situação estava completamente fora de controle. Eles nunca tinham visto animais se comportarem assim antes, e esta repentina revolta das criaturas em quem estavam acostumados a bater e maltratar como bem queriam os assustou tanto que quase perderam o juízo. Depois de alguns momentos, eles desistiram de tentar se defender e se apressaram. Um minuto depois, os cinco saíram correndo pela trilha que os levava à estrada principal, com os animais os perseguindo triunfantes.

A Sra. Jones olhou pela janela do quarto, viu o que estava acontecendo, jogou apressadamente alguns pertences em uma mala de tapeçaria e escapou da fazenda por outro caminho. Moisés saltou de seu poleiro na direção dela, corvejando ruidosamente. Enquanto isso, os animais tinham perseguido Jones e seus homens até a estrada e bateram o portão de cinco grades atrás deles. E assim, antes de se darem conta do que estava acontecendo, a Revolução havia sido levada adiante com sucesso: Jones foi expulso, e a Fazenda Solar era deles.

No começo, os animais mal podiam acreditar em sua sorte. O primeiro ato foi galopar em conjunto ao redor dos limites da fazenda, como se quisessem ter certeza de que nenhum ser humano estava escondido por ali; então eles correram de volta para as instalações para apagar os últimos vestígios do odiado reinado de Jones. O galpão de arreio no fundo dos estábulos foi aberto; os freios, as argolas de nariz, as correntes dos cachorros e as facas cruéis usadas pelo Sr. Jones para castrar os porcos e cordeiros foram jogados no poço. As rédeas, os cabrestos, os antolhos e os degradantes bornais foram jogados na pilha de fogo que queimava no pátio. Os chicotes também. Todos os animais se alegraram quando viram os chicotes pegando fogo. O Bola de Neve também jogou no fogo as fitas com as quais as crinas e caudas dos cavalos eram decoradas nos dias de feira.

"As fitas", disse ele, "devem ser consideradas roupas, que são a marca de um ser humano. Todos os animais devem andar nus".

Quando Golias ouviu isto, pegou o pequeno chapéu de palha que usava no verão para manter as moscas longe de suas orelhas e o jogou no fogo com todo o resto.

Em pouco tempo, os animais tinham destruído tudo o que os lembrava do Sr. Jones. Então Napoleão os levou de volta ao celeiro e serviu uma ração dupla de milho para todos, com duas bolachas para cada um dos cães. Então cantaram "Animais da Inglaterra" de ponta a ponta sete vezes sem parar, e depois de se acomodarem para passar a noite, dormiram como nunca haviam dormido antes.

Mas eles acordaram logo ao amanhecer, como de costume, e de repente, lembrando-se do glorioso acontecimento do dia anterior, correram todos juntos para o pasto. Um pouco mais abaixo do pasto, havia um monte que permitia ver da maior parte da fazenda. Os animais correram para o topo e olharam à sua volta com a luz clara da manhã. Sim, era deles – tudo o que eles podiam ver era deles! No êxtase daquele pensamento, eles davam pulinhos de alegria de um lado para outro, atirando-se no ar em grandes saltos de emoção. Eles rolaram no orvalho, pegaram bocadas imensas da grama doce do verão, chutaram montinhos de terra negra e sentiram seu cheiro rico. Em seguida, fizeram uma inspeção de toda a fazenda e fiscalizaram com uma silenciosa admiração a lavoura, o campo de feno, o pomar, o lago, o bosque. Era como se eles nunca tivessem visto nada disso antes, e mesmo agora eles mal podiam acreditar que era tudo deles.

Em seguida, eles voltaram para a área de instalações da fazenda e pararam em silêncio do lado de fora da porta da casa. Ela também era deles, mas tinham medo de entrar. Após um momento, porém, Bola de Neve e Napoleão abriram a porta com seus ombros e os animais entraram em fila, andando com o maior cuidado por medo de perturbar qualquer coisa. Eles espiaram todos os quartos, com medo de emitir qualquer som que não fosse um sussurro e olhando com uma espécie de espanto para o luxo inacreditável, para as camas com colchões de pena, os espelhos, o sofá de crina de cavalo, o tapete estampado, a litografia da Rainha Vitória sobre a lareira da sala de visita. Eles estavam descendo as escadas quando a Mollie foi tida como desaparecida. Voltando para trás, os outros descobriram que ela tinha parado no melhor quarto. Ela havia encontrado um pedaço de fita azul na mesa de vestir da Sra. Jones, e estava segurando-o contra o ombro e admirando-se no espelho como uma boba. Os outros a reprovaram severamente, e foram para fora. Com exceção de alguns presuntos pendurados na cozinha, que foram levados para serem enterrados, e o barril de cerveja na copa, que foi amassado com um chute do casco de Golias, nada na casa foi tocado. Uma resolução de que a casa deveria ser preservada como um museu foi aprovada com unanimidade no local. Todos concordaram que nenhum animal jamais deveria viver lá.

Os animais tomaram seu café da manhã, e então Bola de Neve e Napoleão os convocaram novamente.

"Camaradas", disse Bola de Neve, "são seis e meia e temos um longo dia pela frente. Hoje começamos a colheita do feno. Mas há outro assunto que deve ser tratado primeiro".

Os porcos agora revelaram que durante os últimos três meses eles haviam aprendido a ler e escrever sozinhos a partir de um velho livro ortográfico que tinha pertencido aos filhos do Sr. Jones e que havia sido jogado em um canto. Napoleão mandou buscar potes de tinta preta e branca e conduziu o caminho até o portão de cinco grades que dava para a estrada principal. Então Bola de Neve, que sabia escrever melhor, pegou um pincel entre os dois nós de sua pata, riscou *Fazenda Solar* da barra superior do portão e em seu lugar pintou *Fazenda dos Animais*. Este era o nome da fazenda a partir de agora. Depois disso, eles voltaram às instalações, onde Bola de Neve e Napoleão mandaram buscar uma escada que foi encostada na parede da extremidade do grande celeiro. Eles explicaram que, com seus estudos dos últimos três meses, os porcos tinham conseguido reduzir os princípios do animalismo a Sete Mandamentos. Estes Sete Mandamentos estariam agora inscritos na parede; eles formariam uma lei inalterável que todos os animais da Fazenda dos Animais devem seguir para sempre. Com alguma dificuldade (pois não é fácil para um porco equilibrar-se em uma escada), Bola de Neve subiu e se pôs a trabalhar, com Berro alguns degraus abaixo dele segurando o pote de tinta. Os Mandamentos foram escritos na parede coberta de piche em grandes letras brancas que podiam ser lidas a trinta metros de distância. Eram os seguintes:

OS SETE MANDAMENTOS

1. O que quer que ande em duas pernas é inimigo.
2. O que quer que ande sobre quatro pernas, ou que tenha asas, é um amigo.

3. Nenhum animal deve usar roupas.
4. Nenhum animal deve dormir em uma cama.
5. Nenhum animal deve beber álcool.
6. Nenhum animal matará outro animal.
7. Todos os animais são iguais.

Foi muito bem escrito, e exceto que "amigo" foi escrito "anigo" e um dos "s" foi escrito invertido, a grafia saiu correta durante toda a escrita. Bola de Neve leu a lista em voz alta para o benefício dos outros. Todos os animais acenaram com a cabeça em total concordância, e os mais espertos logo começaram a decorar os Mandamentos.

"Agora, camaradas", gritou Bola de Neve, jogando o pincel de pintura, "para o campo de feno! Façamos da colheita um momento de honra: vamos colher mais rápido do que Jones e seus homens jamais puderam fazer".

Mas neste momento as três vacas, que já pareciam inquietas há algum tempo, deram um grande mugido. Elas não tinham sido ordenhadas há vinte e quatro horas e suas tetas estavam quase explodindo. Depois de um pouco de reflexão, os porcos mandaram buscar baldes e ordenharam as vacas com bastante sucesso, já que suas patas pareciam adaptadas a essa tarefa. Logo, havia cinco baldes de leite cremoso espumoso, que vários animais olhavam com grande interesse.

"O que vai acontecer com aquele leite todo?" disse alguém.

"Jones às vezes misturava um pouco de leite na nossa ração", disse uma das galinhas.

"Esqueçam o leite, camaradas!" gritou Napoleão, colocando-se na frente dos baldes. "Isso será resolvido. A colheita é mais importante. O camarada Bola de Neve vai liderar o caminho. Seguirei dentro de alguns minutos. Avante, camaradas! O feno está esperando".

Então os animais trotaram para o campo de feno para começar a colheita e, quando voltaram à noite, notaram que o leite tinha desaparecido.

CAPÍTULO III

ABCD

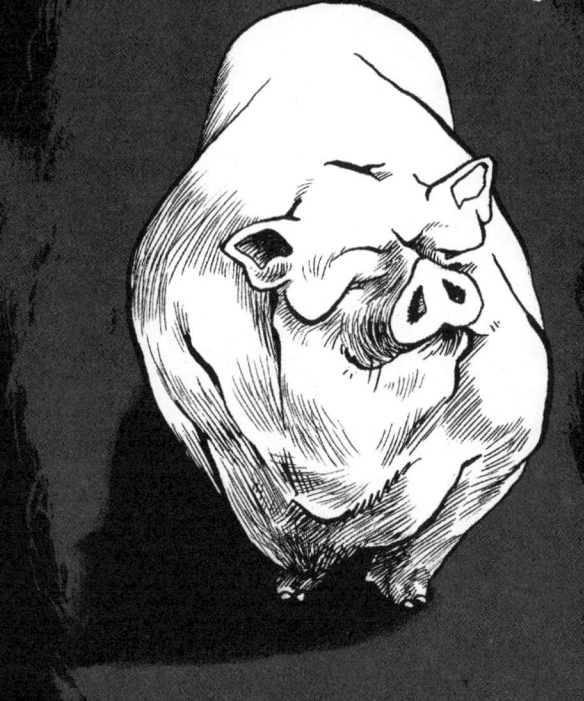

CAPÍTULO III

Como eles trabalharam e suaram para colher o feno! Mas seus esforços foram recompensados, pois a colheita foi um sucesso ainda maior do que esperavam.

Às vezes o trabalho era árduo; os instrumentos tinham sido projetados para seres humanos, não para animais, e era um grande inconveniente que nenhum deles fosse capaz de usar qualquer ferramenta que envolvesse ficar de pé em suas patas traseiras. Mas os porcos eram tão espertos que podiam pensar em uma maneira de contornar cada dificuldade. Já os cavalos conheciam cada centímetro do campo e, de fato, entendiam muito mais de ceifar e arar do que Jones e seus homens. Os porcos não chegaram a trabalhar, mas gerenciavam e supervisionavam os outros. Com sua sabedoria superior, era natural que eles assumissem a liderança. Golias e Esperança se arreavam sozinhos no cortador ou no arado (não precisavam de freios ou rédeas nestes dias, é claro) e davam a volta completa ao redor do campo, com um porco os seguindo gritando «Arre, camarada!» ou «Opa, camarada!», dependendo do caso. E todos os animais, até os mais modestos, trabalhavam para virar o feno e recolhê-lo. Até mesmo os patos e galinhas trabalhavam o dia todo debaixo do sol, carregando pequenos pedaços de feno em seus bicos. No final, eles terminaram a colheita dois dias antes do que Jones e seus homens normalmente fariam. Além disso, foi a maior colheita que a fazenda já havia visto. Não houve nenhum desperdício; as galinhas e os patos com seus olhos afiados haviam recolhido até o último talo. E nenhum animal da fazenda roubou uma bocada que fosse.

Durante todo aquele verão, o trabalho da fazenda funcionou como a engrenagem de um relógio. Os animais nunca imaginaram que seriam tão felizes. Cada bocada de comida era um enorme prazer, agora que o alimento era deles de verdade, produzido por eles para eles mesmos, e não para um mestre rancoroso. Com o desaparecimento dos seres humanos parasitas e inúteis, havia mais para comer. Eles também descansavam mais, apesar da inexperiência. Eles tiveram muitas dificuldades – por exemplo, quando colheram o milho no final do ano: tiveram que esmigalhar os grãos no estilo antigo e soprar o joio com o próprio fôlego, já que a fazenda não possuía nenhuma debulhadora – mas os porcos com sua esperteza e o Golias com seus tremendos músculos sempre davam um jeito de terminar. Todos admiravam Golias. Ele já trabalhava duro na época do Jones, mas agora parecia ter se desdobrado em três; havia dias em que todo o trabalho da fazenda parecia ser feito por ele. Ele empurrava e puxava, sempre no lugar onde o trabalho era mais difícil, do começo da manhã até o fim da noite. Tinha até feito um acordo com um dos galos para acordá-lo meia hora antes dos outros de manhã, para trabalhar voluntariamente em algo que lhe parecia necessário antes do começo da jornada normal de trabalho. Sua resposta para cada problema ou contratempo era "Vou trabalhar mais" – o que tinha adotado como lema pessoal.

Mas todos trabalhavam de acordo com sua capacidade. As galinhas e os patos, por exemplo, economizaram cinco alqueires de milho na colheita, recolhendo os grãos que se perderam pelo caminho. Ninguém roubou, ninguém resmungou por causa da quantidade de ração e as brigas, mordidas e ciúmes tão frequentes nos velhos tempos quase desapareceram. Ninguém se esquivou – ou quase ninguém. Mollie, era verdade, não gostava de acordar muito cedo, e dava um jeito de escapar do trabalho tão logo uma pedra ficasse presa em seu casco. E o comportamento da gata era um tanto peculiar. Logo se percebeu que quando havia trabalho a ser feito ninguém conseguia encontrá-la. Ela desaparecia por horas a fio e depois reaparecia na hora das refeições, ou à noite, depois que o trabalho tivesse terminado, como se nada tivesse acontecido. Mas ela sempre dava desculpas tão boas, e miava tão carinhosamente, que era impossível não acreditar em suas boas intenções. O velho Benjamin, o burro, parecia bastante inalterado desde a Revolução. Ele fazia seu trabalho da mesma forma lenta e obstinada como sempre havia feito no tempo de Jones, nunca se esquivando do trabalho, mas também nunca se voluntariando para qualquer coisa extra. Ele também não expressava nenhuma opinião sobre a Revolução e seus resultados. Quando lhe perguntavam se ele não estava mais feliz agora que Jones tinha partido, ele dizia apenas: "Os burros vivem muito tempo. Nenhum de vocês jamais viu um burro morto", e os outros tinham que se contentar com esta resposta enigmática

Aos domingos, não havia trabalho. O café da manhã era uma hora mais tarde que o habitual, e depois da refeição havia uma cerimônia que era respeitada todas as semanas sem falta. Ela começava com o hasteamento da bandeira. Bola de Neve tinha encontrado na sala de arreio uma velha toalha verde de mesa da Sra. Jones e tinha pintado nela um casco e um chifre brancos. Era hasteada no mastro da fazenda todos os domingos de manhã. A bandeira era verde, explicou Bola de Neve, para representar os campos verdes da Inglaterra, enquanto o casco e o chifre significavam a futura República dos Animais, que surgiria quando a raça humana tivesse sido finalmente deposta. Após o hasteamento da bandeira, todos os animais entravam no grande celeiro para uma assembleia geral que ficou conhecida como Reunião. Aqui o trabalho da semana seguinte era planejado e as resoluções eram apresentadas e debatidas. As resoluções sempre eram apresentadas pelos porcos. Os outros animais davam conta de votar, mas nunca conseguiam pensar em alguma resolução por conta própria. Bola de Neve e Napoleão eram, de longe, os mais ativos nos debates. Mas notava-se que os dois nunca estavam de acordo: qualquer que fosse a sugestão de um deles, o outro com certeza se oporia a ela. Mesmo quando resolveram separar o cercado atrás do pomar como um lar de descanso para animais que já tinham passado da fase de trabalhar – medida à qual ninguém se opunha – houve um debate conturbado sobre a idade correta de aposentadoria para cada classe de animais. A Reunião sempre terminava com o canto de "Animais da Inglaterra", e a tarde era dedicada ao lazer.

Os porcos tinham reservado a sala de arreios para si próprios como sede. Era ali que, à noite, estudavam ferraria, carpintaria e outros ofícios necessários em livros que haviam trazido da casa de Jones. Bola de Neve também se ocupava em organizar os outros no que ele chamava de Comitês de Animais. Ele não se cansava. Ele formou o Comitê de Produção de Ovos para as galinhas, a Liga dos Rabos Limpos para as vacas, o Comitê de Reintegração dos Camaradas Selvagens (com objetivo de domesticar os ratos e coelhos), o Movimento da Lã Branca para as ovelhas, e vários outros, além de instituir aulas de leitura e escrita. De modo geral, estes projetos foram um fracasso. A tentativa de domar as criaturas selvagens, por exemplo, deu por água abaixo quase que imediatamente. Eles continuaram se comportando como antes e, quando tratados com generosidade, simplesmente tiraram proveito disso. A gata entrou para o Comitê de Reintegração e foi muito ativa nele durante alguns dias. Ela foi vista um dia sentada em um telhado falando com alguns pardais que estavam fora de seu alcance. Ela estava lhes dizendo que agora todos os animais eram camaradas e que qualquer pardal que quisesse poderia vir e se empoleirar em sua pata; mas os pardais mantiveram uma certa distância.

As aulas de leitura e escrita, no entanto, foram um grande sucesso. No outono, quase todos os animais da fazenda já estavam alfabetizados em algum nível.

Quanto aos porcos, eles já sabiam ler e escrever perfeitamente. Os cães aprenderam a ler bastante bem, mas não estavam interessados em ler nada além dos Sete Mandamentos. Muriel, a cabra, sabia ler um pouco melhor que os cães, e às vezes lia pedaços de jornal que ela encontrava no monte de lixo para os outros à noite. Benjamin sabia ler tão bem quanto qualquer porco, mas nunca exerceu sua faculdade. Até onde ele sabia, disse ele, não havia nada que valesse a pena ser lido. Esperança aprendeu o alfabeto inteiro, mas não conseguia juntar as palavras. Golias não podia ir além da letra D. Ele desenhava A, B, C, D na poeira com seu grande casco, e depois ficava olhando as letras com as orelhas para trás, balançando seu topete, tentando lembrar o que vinha a seguir com todas as suas forças sem sucesso. Em várias ocasiões, de fato, ele conseguiu aprender E, F, G, H, mas só para descobrir que tinha esquecido A, B, C, e D. Finalmente ele decidiu ficar satisfeito com as primeiras quatro letras, e as escrevia uma ou duas vezes por dia para refrescar sua memória. Mollie se recusou a aprender qualquer uma, exceto pelas letras do seu próprio nome. Ela conseguia escrever seu nome muito bem no chão com pedaços de galho, e depois decorava com uma flor ou duas e andava ao redor admirando sua obra.

Nenhum outro animal da fazenda conseguiu passar da letra A. Também descobriram que os animais mais estúpidos, como as ovelhas, as galinhas e os patos, eram incapazes de decorar os Sete Mandamentos. Depois de pensar muito, Bola de Neve declarou que os Sete Mandamentos poderiam ser reduzidos a uma máxima única, ou seja: "Quatro patas bom, duas patas ruim". Essa frase, disse ele, continha o princípio essencial do animalismo. Quem o tivesse compreendido a fundo, estaria a salvo das influências humanas. As aves a princípio se opuseram, já que lhes parecia que também tinham duas patas, mas Bola de Neve lhes provou que não era bem assim.

"A asa de uma ave, camaradas", disse ele, "é um órgão de propulsão, não de manipulação. Portanto, deve ser considerada como uma perna. A marca distintiva do homem é a MÃO, o instrumento com o qual ele perpetua toda sua maldade".

As aves não entenderam as longas palavras de Bola de Neve, mas aceitaram sua explicação, e todos os animais mais modestos se puseram a trabalhar para decorar a nova máxima. *Quatro patas bom, duas patas ruim*, estava inscrita na parede final do celeiro, acima dos Sete Mandamentos e em letras maiores. Depois que conseguiram decorar, as ovelhas desenvolveram uma grande simpatia por esta máxima e muitas vezes, quando estavam no campo, todas começavam a balir "Quatro patas bom, duas patas ruim! Quatro patas bom, duas patas ruim!" e continuavam por horas a fio, sem nunca se cansar dela.

Napoleão não se interessou pelos comitês do Bola de Neve. Ele disse que a educação dos jovens era mais importante do que qualquer coisa que pudesse ser feita por aqueles que já eram adultos. Aconteceu que tanto Mimi quanto Lulu tinham parido logo após a colheita de feno, dando à luz nove filhotes robustos de cachorro. Assim que foram desmamados, Napoleão os tirou de suas mães, dizendo que ele se tornaria responsável pela educação deles. Ele os levou para um pombal que só podia ser alcançado por uma escada na sala de arreio, e lá os manteve em tal reclusão que o resto da fazenda logo se esqueceu de sua existência.

O mistério de para onde ia o leite foi logo esclarecido. Ele era misturado todos os dias no purê dos porcos. As primeiras maçãs estavam agora amadurecendo, e a grama do pomar estava repleta de frutos. Os animais imaginaram, naturalmente, que elas seriam distribuídas igualmente; um dia, no entanto, foi ordenado que todos os animais coletassem as maçãs e as levassem para a sala de arreios para consumo dos porcos. Alguns animais murmuraram, mas isso não serviu para nada. Todos os porcos estavam de comum acordo, até mesmo Bola de Neve e Napoleão. Berro foi o mensageiro das explicações.

"Camaradas!" gritou ele. "Vocês não imaginam, espero eu, que nós, porcos, estamos fazendo isso com espírito de egoísmo e privilégio, certo? Muitos de nós não gostam tanto assim de leite e maçãs. Eu mesmo não gosto muito. Nosso único objetivo ao tomar posse dessas coisas é preservar nossa saúde. O leite e as maçãs (isto foi provado pela Ciência, camaradas) contêm substâncias absolutamente necessárias para o bem-estar de um porco. Nós, porcos, somos trabalhadores do cérebro. Toda a administração e organização da fazenda depende de nós. Dia e noite. Estamos zelando pelo seu bem-estar dia e noite. É por *sua* causa que nós bebemos esse leite e comemos essas maçãs. Você sabe o que aconteceria se nós, porcos, falhássemos em nosso dever? Jones voltaria! Sim, Jones voltaria! Certamente, camaradas", gritou Berro quase que suplicando, pulando de um lado para o outro e balançando sua cauda, "e certamente não há ninguém entre vocês que queira ver Jones voltar"...

Agora, se havia alguma coisa de que os animais estavam certos é de que não queriam Jones de volta. Quando a situação foi apresentada a eles sob esta luz, eles não tinham mais nada a dizer. A importância de manter os porcos em boa saúde era muito óbvia. Portanto, foi acordado, sem mais argumentos, que o leite e as maçãs que se soltaram das árvores (e também a safra principal de maçãs, quando amadurecessem) deveriam ser reservados apenas para os porcos.

CAPÍTULO IV

CAPÍTULO IV

Até o fim do verão, a notícia do que havia acontecido na Fazenda dos Animais havia se espalhado pela metade do condado. Todos os dias Bola de Neve e Napoleão mandavam pombos voarem com a instrução de se misturar com os animais das fazendas vizinhas, contar-lhes a história da Revolução e ensinar-lhes "Animais da Inglaterra".

O Sr. Jones passou a maior parte deste tempo sentado perto do barril do Leão Vermelho em Willingdon, se lamentando para qualquer um que ouvisse sobre a monstruosa injustiça que havia sofrido ao ser expulso de sua propriedade por um bando de animais inúteis. Os outros agricultores simpatizaram com ele a princípio, mas não lhe deram muito auxílio. No fundo, cada um deles se perguntava secretamente se não poderia de alguma forma usar o infortúnio de Jones em benefício próprio. Foi uma sorte que os proprietários das duas fazendas vizinhas à Fazenda dos Animais estivessem sempre em péssimas condições. Uma delas, que se chamava Foxwood, era uma fazenda grande, negligenciada e antiquada, com um bosque que cresceu mais do que deveria, pastos desgastados e sebes em condições vergonhosas. Seu proprietário, o Sr. Pilkington, era um fazendeiro gentil e tranquilo que passava a maior parte de seu tempo pescando ou caçando, de acordo com a estação do ano. A outra fazenda, que se chamava Pinchfield, era menor e melhor conservada. Seu proprietário era um tal de Sr. Frederick, um homem duro e astuto, envolvido constantemente em processos judiciais e com fama de conduzir barganhas difíceis. Eles não gostavam muito um do outro, a ponto de ser difícil chegarem a qualquer acordo, mesmo em defesa de seus próprios interesses.

No entanto, ambos estavam profundamente assustados com a Revolução na Fazenda dos Animais e muito ansiosos em evitar que seus próprios animais soubessem demais sobre o assunto. No início, eles fingiam rir da situação para desprezar a ideia de animais administrando uma fazenda sozinhos. Tudo isso acabaria em quinze dias, disseram eles. Eles disseram que os animais da Fazenda Solar (eles insistiam em chamá-la pelo nome antigo; não toleravam o nome "Fazenda dos Animais") estavam lutando constantemente entre si e que estavam morrendo de fome rapidamente. Quando o tempo passou e os animais evidentemente não tinham morrido de fome, Frederick e Pilkington mudaram de tom e começaram a falar da terrível maldade que agora surgia na Fazenda dos Animais. Foi divulgado que os animais praticavam canibalismo, torturaram-se uns aos outros com ferraduras vermelhas de fogo, e compartilhavam as fêmeas. Foi o resultado da Revolução contra as leis da natureza, disseram Frederick e Pilkington.

No entanto, nunca se acreditou completamente nestas histórias. Rumores de uma fazenda maravilhosa, onde os seres humanos tinham desaparecido e os animais administravam seus próprios negócios, continuaram a circular em formas vagas e distorcidas, e durante todo aquele ano uma onda de rebeldia correu pelo campo. Touros que sempre tinham sido fáceis subitamente se tornaram selvagens, ovelhas quebraram cercas e devoraram o pasto, vacas chutaram o balde, os cavalos se recusavam a pular os obstáculos e derrubavam seus cavaleiros para o lado. Acima de tudo, a melodia e até mesmo as palavras de "Animais da Inglaterra" eram conhecidas por todos os lugares. A música se espalhou com uma velocidade surpreendente. Os seres humanos não conseguiram conter sua fúria quando ouviam esta canção, embora fingissem que a achavam ridícula. Eles não conseguiam entender, diziam eles, como até mesmo os animais conseguiam cantar tais porcarias desprezíveis. Qualquer animal que fosse pego cantando recebia um castigo imediato. E, mesmo assim, a canção era irreprimível. Os melros a assobiavam nas cercas, os pombos a murmuravam nos olmos. Ela se infiltrou nas marteladas dos ferreiros e na melodia dos sinos das igrejas. E quando os seres humanos a ouviam, tremiam secretamente, ouvindo nela uma profecia de sua futura desgraça.

No começo de outubro, quando o milho foi cortado e empilhado e parte dele já estava debulhado, um bando de pombos chegou rodopiando pelo ar e pousou no pátio da Fazenda dos Animais fazendo um grande alvoroço. Jones e todos os seus homens, além de alguns trabalhadores de Foxwood e Pinchfield, tinham entrado pelo portão de cinco grades e estavam subindo o caminho largo que dava na fazenda. Todos eles estavam carregando varas, exceto Jones, que estava marchando adiante com uma arma nas mãos. Obviamente, eles iam tentar recapturar a fazenda.

Os animais já esperavam isso há muito tempo e já tinham feito todos os preparativos. Bola de Neve, que havia estudado um livro velho sobre as campanhas de Júlio César que havia encontrado na fazenda, estava encarregado das operações defensivas. Ele deu suas ordens rapidamente, e em poucos minutos todos os animais estavam a postos.

Quando os seres humanos se aproximaram das instalações da fazenda, Bola de Neve lançou a primeira onda de ataque. Todos os pombos, um total de trinta e cinco, voaram de um lado para o outro sobre as cabeças dos homens, defecando neles em pleno ar; enquanto os homens lidavam com isso, os gansos, que estavam escondidos atrás da cerca, correram para fora e bicaram ferozmente suas panturrilhas. Entretanto, esta foi apenas uma manobra simples, destinada a criar uma pequena desordem, e os homens expulsaram os gansos com facilidade. Bola de Neve lançou agora sua segunda linha de ataque. Muriel, Benjamin e todas as ovelhas, Bola de Neve à frente, correram em direção aos homens, os espetando e dando chifradas por todos os lados, enquanto Benjamin se virou de costas e lhes deu vários coices com seus pequenos cascos. Mas mais uma vez os homens, com suas varas e botas com esporas, eram fortes demais para eles; e de repente, com um guincho do Bola de Neve, que era o sinal de retirada, todos os animais se viraram e fugiram pelo portão de entrada para o pátio.

Os homens deram um grito de triunfo. Eles viram, ou ao menos assim pensavam, seus inimigos em fuga, e correram atrás deles em desordem.

Isto era exatamente o que Bola de Neve queria. Assim que se encontravam no meio do pátio, os três cavalos, as três vacas e o resto dos porcos, que estavam deitados numa emboscada no estábulo, de repente emergiram em sua retaguarda, fechando-lhes o caminho. Bola de Neve deu agora o sinal para o ataque. Ele mesmo foi direto para Jones. Jones o viu chegar, levantou a arma e atirou, deixando marcas sangrentas nas costas de Bola de Neve. Uma ovelha caiu morta. Sem parar por um instante, Bola de Neve atirou seus quase 100 quilos contra as pernas de Jones. Jones foi jogado em uma pilha de esterco e a arma voou de suas mãos. Mas o espetáculo mais assustador de todos foi Golias, levantando-se sobre suas patas traseiras e golpeando com seus grandes cascos de ferro como um garanhão. Seu primeiro golpe acertou um rapaz que trabalhava com Foxwood bem no crânio, o derrubando na lama sem vida. Vendo isso, vários homens soltaram seus bastões e tentaram fugir. O pânico os atingiu, e no momento seguinte todos os animais os perseguiam juntos em volta do pátio. Eles foram chifrados, chutados, mordidos, pisoteados. Não havia um animal na fazenda que não se vingasse deles da sua própria maneira. Até mesmo a gata saltou de repente de um teto para os ombros de um dos fazendeiros, afundando suas garras em seu pescoço, fazendo com que ele desse um grito horrível. Assim que o portão ficou livre, os homens ficaram felizes em sair correndo em disparada do pátio em direção à rua principal. E assim, depois de cinco minutos de invasão, eles vergonhosamente se retiraram da mesma maneira com que vieram, com um bando de gansos assobiando atrás deles e bicando suas pernas durante todo o caminho.

Todos os homens tinham ido embora, exceto um. De volta ao pátio, Golias cutucava o jovem rapaz de leve com seu casco, tentando virá-lo para cima. O garoto não se mexeu.

"Ele está morto", disse Golias tristemente. "Eu não queria fazer isso. Esqueci que estava usando ferraduras de ferro. Quem vai acreditar que eu não fiz isso de propósito?"

"Sem sentimentalismos, camarada!" gritou Bola de Neve, cujas feridas ainda sangravam. "Guerra é guerra. Ser humano bom é ser humano morto".

"Eu não tenho desejo de tirar a vida de ninguém, nem mesmo dos homens", repetiu Golias com os olhos cheios de lágrimas.

Capítulo IV

"Onde está a Mollie?" exclamou alguém.

Mollie, de fato, tinha desaparecido. Por um breve momento houve um grande alarde; temia-se que os homens a tivessem prejudicado de alguma forma, ou até mesmo a levado com eles. No entanto, ela foi no fim encontrada escondida em seu estábulo com a cabeça enterrada entre o feno na manjedoura. Ela fugiu assim que a arma disparou. E quando os outros pararam de procurá-la, descobriram que o rapaz, que na verdade estava apenas atordoado, já havia se recuperado e fugido.

Os animais agora tinham se reunido com grande excitação, cada um recontando suas próprias façanhas na batalha a plenos pulmões. Uma celebração improvisada de vitória foi organizada imediatamente. A bandeira foi hasteada e "Animais da Inglaterra" foi cantada várias vezes, e depois a ovelha morta recebeu um funeral solene – um espinheiro também foi plantado em seu túmulo. Bola de Neve fez um pequeno discurso, enfatizando a necessidade de que todos os animais estivessem prontos para morrer pela Fazenda dos Animais, se fosse necessário.

Os animais decidiram por unanimidade criar uma condecoração militar, "Herói Animal, Primeira Classe", que foi conferida ali mesmo a Bola de Neve e Golias. Consistia em uma medalha de latão (na realidade, eram algumas placas para os cavalos que foram encontradas na sala de arreio), para ser usada nos domingos e feriados. Havia também o "Herói Animal, Segunda Classe", que foi conferido postumamente à ovelha morta.

Havia muita discussão sobre como chamar a batalha. No final, o nome escolhido foi "Batalha do Estábulo", já que foi lá que a emboscada havia sido desencadeada. A arma do Sr. Jones havia sido encontrada na lama, e sabia-se que havia um suprimento de cartuchos dentro da casa. Foi decidido posicionar a arma aos pés do mastro, como uma peça de artilharia, e dispará-la duas vezes ao ano – no dia 12 de outubro, o aniversário da Batalha do Estábulo, e no Solstício de Verão, o aniversário da Revolução.

CAPÍTULO V

CAPÍTULO V

À medida que o inverno avançava, Mollie se tornava cada vez mais problemática. Ela chegava atrasada ao trabalho todo dia de manhã e se desculpava dizendo que tinha dormido demais. Se queixava também de dores misteriosas, embora seu apetite fosse excelente. Fugia do trabalho com algum pretexto qualquer e ia para o lago, onde ficava encarando tolamente para seu próprio reflexo na água. Mas havia rumores de algo mais sério. Um dia, enquanto Mollie caminhava alegremente pelo pátio, balançando sua longa cauda e mastigando um pedaço de feno, Esperança a levou para o lado.

"Mollie", disse ela, "tenho algo muito sério para conversar com você. Esta manhã eu vi você olhando por cima da cerca que divide a Fazenda dos Animais de Foxwood. Um dos homens do Sr. Pilkington estava em pé do outro lado da cerca. E – eu estava muito longe, mas estou quase certa de ter visto isto – ele estava falando com você e você deixava ele acariciar seu nariz. O que isso significa, Mollie?»

"Ele não fez nada! Eu também não! Não foi assim!" gritou Mollie, ficando agitada e batendo a pata no chão.

"Mollie! Olhe bem para mim. Você me dá sua palavra de honra de que aquele homem não estava acariciando seu nariz?"

"Não foi assim!" repetiu Mollie sem olhar Esperança nos olhos e, no momento seguinte, ela se empinou e galopou para o campo.

Uma ideia tomou conta de Esperança. Sem dizer nada aos outros, ela foi para a baia da Mollie e remexeu a palha com seu casco. Uma pequena pilha de torrões de açúcar e várias fitas coloridas estavam ali embaixo.

Três dias depois, Mollie desapareceu. Durante algumas semanas nada se sabia de seu paradeiro, então os pombos relataram que a haviam visto do outro lado de Willingdon. Ela estava entre os eixos de uma charrete vermelha e preta elegante, em frente a uma casa pública. Um homem gordo de rosto vermelho, de calça xadrez e polainas, com pinta de funcionário público, estava acariciando seu nariz e alimentando-a com açúcar. Sua crina estava recém-cortada e ela usava uma fita escarlate ao redor de seu topete. Parecia estar se divertindo, ao menos assim contaram os pombos. Os animais nunca mais falaram sobre a Mollie.

Janeiro trouxe um clima miserável. A terra estava dura como ferro, e nada podia ser feito nos campos. Muitas reuniões foram realizadas no grande celeiro, e os porcos se ocupavam em planejar o trabalho da estação seguinte. Tinham aceitado que os porcos, que eram claramente mais espertos que os outros animais, deveriam decidir todas as questões de política agrícola, embora suas decisões tivessem que ser ratificadas pela maioria de votos. Este arranjo até teria funcionado bem se não fossem as disputas entre Bola de Neve e Napoleão. Os dois discordavam em todos os pontos em que era possível discordar. Se um deles sugerisse semear uma área maior com cevada, o outro certamente exigiria uma área maior de aveia, e se um deles dissesse que tal e tal campos eram adequados para couves, o outro declararia que eram inúteis para qualquer coisa, exceto raízes. Cada um tinha seus próprios seguidores e houve alguns debates violentos. Nas Reuniões, Bola de Neve frequentemente conquistava a maioria com seus discursos brilhantes, mas Napoleão era melhor em buscar apoio para si mesmo entre as falas. Ele foi especialmente bem sucedido com as ovelhas. Ultimamente as ovelhas baliam "Quatro patas bom, duas patas ruim" em qualquer momento, e frequentemente interrompiam a Reunião com isso. Notou-se que gritavam "Quatro patas bom, duas patas ruim" em momentos particularmente cruciais dos discursos de Bola de Neve. Ele havia estudado de perto alguns volumes antigos da revista "Agricultor e Criador de Rebanho" que ele havia encontrado na fazenda, e estava cheio de planos para inovações e melhorias. Ele falou com grande conhecimento sobre esgoto de campo, ensilagem e escória básica, e tinha elaborado um esquema complexo para que todos os animais largassem seu esterco diretamente no campo, em um local diferente a cada dia, para evitar o trabalho de transporte. Napoleão não produziu nenhum esquema próprio, mas disse calmamente que os planos de Bola de Neve não dariam em nada, dando a impressão de que seu tempo já tinha passado. Mas de todas as controvérsias, nenhuma foi tão intensa como a que ocorreu sobre o moinho de vento.

No longo pasto, não muito afastado das instalações da fazenda, havia um pequeno monte que era o ponto mais alto do terreno. Depois de fazer o levantamento do terreno, Bola de Neve declarou que este era o lugar perfeito para um moinho de vento, que podia ser feito para alimentar um dínamo e abastecer a fazenda com energia elétrica. Isto permitiria que as baias tivessem luz e fossem aquecidas no inverno, além de operar uma serra circular, um cortador de palha, um cortador de raízes e uma ordenhadeira elétrica. Os animais nunca tinham ouvido falar sobre esse tipo de coisa (pois a fazenda era antiquada e tinha apenas uma maquinaria bem primitiva), e eles ouviam com espanto enquanto Bola de Neve invocava imagens de máquinas fantásticas que fariam seu trabalho por eles enquanto pastavam à vontade nos campos ou melhoravam suas mentes com leitura e conversação.

Em poucas semanas, os planos de Bola de Neve para o moinho de vento foram totalmente elaborados. Os detalhes mecânicos vieram principalmente de três livros que tinham pertencido ao Sr. Jones: "Mil coisas úteis a fazer sobre a casa", "Cada homem é seu próprio pedreiro" e "Eletricidade para iniciantes". Bola de Neve usou como seu estudo um galpão que já havia sido usado para incubadoras e tinha um piso de madeira liso, adequado para desenhos. Ele ficava ali fechado por horas e horas. Com livros abertos em cima de uma pedra e um pedaço de giz preso entre os nós dos dedos de sua pata, ele se movia rapidamente de um lado para o outro, desenhando linha após linha e emitindo pequenos gemidos de excitação. Aos poucos os planos foram se transformando em uma complicada massa de manivelas e rodas dentadas, cobrindo mais da metade do piso, o que os outros animais achavam completamente ininteligível, mas muito impressionante. Todos eles vinham ver os desenhos de Bola de Neve pelo menos uma vez por dia. Até mesmo as galinhas e os patos vieram e se esforçaram para não pisar nas marcas de giz. Somente Napoleão se manteve distante. Ele havia se declarado contra o moinho de vento desde o início. Um dia, porém, ele chegou inesperadamente para examinar os planos. Ele andou bastante pelo galpão, olhando atentamente cada detalhe dos planos e os examinando uma ou duas vezes, ficando de pé por algum tempo para contemplá-los pelo canto do olho; de repente levantou a perna, urinou sobre os planos e saiu sem pronunciar uma palavra.

Toda a fazenda estava profundamente dividida em relação ao moinho de vento. Bola de Neve não negou que construí-lo seria difícil. Teriam que carregar pedras para as paredes, fazer as velas e lidar com os dínamos e cabos. (Bola de Neve não especificou como o material seria adquirido). Mas ele defendeu que tudo poderia ser feito dentro de um ano. E depois disso, declarou, economizariam tanta mão-de-obra que os animais precisariam trabalhar apenas três dias por semana. Napoleão, por outro lado, argumentou que a grande necessidade do momento era aumentar a produção de alimentos, e que se eles perdessem tempo no moinho, todos eles morreriam de fome. Os animais se separaram em dois grupos, cada uma com um slogan: "Vote em Bola de Neve e na semana de três dias" e "Vote em Napoleão e na manjedoura cheia". Benjamin era o único animal que não estava do lado de nenhum dos dois. Ele se recusava a acreditar que a comida se tornaria mais abundante ou que o moinho de vento economizaria trabalho. Com moinho de vento ou sem moinho de vento, disse ele, a vida continuaria como sempre tinha sido – ou seja, ruim.

Além das disputas sobre o moinho de vento, havia a questão da defesa. Todos compreenderam que, embora os seres humanos tivessem sido derrotados na Batalha do Estábulo, eles poderiam fazer outra tentativa mais preparada de reconquistar a fazenda e reintegrar a posse do Sr. Jones. Eles tinham ainda mais razões para fazer isso porque a notícia de sua derrota se espalhou pelo campo, deixando os animais das outras fazendas mais inquietos do que nunca. Como de costume, Bola de Neve e Napoleão não concordavam. Segundo Napoleão, os animais deveriam adquirir armas de fogo e treinar tiro. Segundo Bola de Neve, eles deveriam enviar mais pombos mensageiros e promover a revolução entre os animais das outras fazendas. Um argumentou que se não conseguissem se defender, seriam conquistados, o outro argumentou que se as rebeliões acontecessem em todos os lugares eles não teriam necessidade de se defender. Os animais ouviram primeiro Napoleão, depois Bola de Neve, e não conseguiam decidir o que era melhor; na verdade, sempre se encontravam de acordo com aquele que estava falando no momento.

Finalmente, chegou o dia em que os planos de Bola de Neve foram concluídos. Na Reunião do domingo seguinte, a questão de começar ou não os trabalhos do moinho de vento seria colocada à votação. Quando os animais se reuniram no grande celeiro, Bola de Neve se levantou e, embora tenha sido ocasionalmente interrompido pelos balidos das ovelhas, expôs suas razões para defender a construção do moinho de vento. Então Napoleão se levantou para responder. Ele disse muito silenciosamente que o moinho era um disparate e não aconselhou ninguém a votar nele, voltando a se sentar prontamente; ele havia falado por apenas trinta segundos, e parecia quase indiferente ao efeito produzido. Nisso, Bola de Neve se levantou e, gritando para as ovelhas, que estavam balindo de novo, proferiu um apelo apaixonado em favor do moinho de vento. Até agora, os animais estavam divididos igualmente em suas simpatias, mas a eloquência de Bola de Neve apagou qualquer dúvida. Com frases brilhantes, ele pintou um quadro de como seria a Fazenda dos Animais quando o trabalho sórdido fosse retirado das costas dos animais. Sua imaginação tinha agora corrido muito além dos cortadores de palha e raízes. A eletricidade, disse ele, podia operar máquinas debulhadoras, arados, grades, rolos, colheitadeiras e aglutinadores, além de fornecer a cada estábulo sua própria luz elétrica, água quente e fria, e um aquecedor elétrico. Quando ele terminou de falar, não havia dúvidas quanto ao caminho a ser seguido para a votação. Mas exatamente neste momento Napoleão se levantou e, lançando um olhar peculiar de Bola de Neve, proferiu um guincho agudo, de um tipo que ninguém jamais havia ouvido antes.

Isso foi seguido por terríveis latidos vindos de fora, e nove cachorros enormes usando coleiras de latão chegaram no celeiro. Eles correram direto para Bola de Neve, que saiu de seu lugar a tempo de fugir das mandíbulas estalando. De repente ele já estava do lado de fora da porta, com os cachorros em seu encalço. Surpresos e assustados demais para falar, todos os animais se amontoaram na porta para assistir a perseguição. Bola de Neve estava correndo pelo longo pasto que dava na estrada. Ele estava correndo como só um porco pode correr, mas os cães estavam chegando perto. Então ele escorregou e parecia certo de que a corrida chegaria ao fim. Mas conseguiu se levantar e correu mais rápido do que nunca. Mas não adiantou: os cachorros já estavam perto novamente. Um deles quase mordeu o rabo de Bola de Neve, que a desviou bem na hora. Ele deu um último gás e, com poucos centímetros de vantagem, escapou por um buraco na cerca, não sendo mais visto.

Silenciosos e aterrorizados, os animais se arrastaram de volta para o celeiro. Os cachorros voltaram logo atrás, latindo. No início, ninguém foi capaz imaginar de onde vieram essas criaturas, mas o problema logo foi resolvido: eles eram os filhotes de cachorro que Napoleão havia separado de suas mães e criado. Embora ainda não tivessem crescido completamente, eles eram cães enormes, com uma aparência tão feroz quanto lobos. Eles se mantiveram perto de Napoleão. Notou-se que eles abanavam suas caudas para ele da mesma forma que os outros cães costumavam fazer com o Sr. Jones.

Napoleão, com os cães seguindo-o, estava agora na parte mais alta do lugar, onde o Major tinha anteriormente parado para fazer seu discurso. Ele anunciou que a partir de agora as reuniões de domingo de manhã não seriam mais realizadas. Elas eram desnecessárias, disse ele, e desperdiçavam tempo. No futuro, todas as questões relacionadas ao funcionamento da fazenda seriam resolvidas por um comitê especial de porcos, presidido por ele mesmo. Estes se reuniriam em particular e depois comunicariam suas decisões aos demais. Os animais ainda se reuniriam aos domingos de manhã para saudar a bandeira, cantar "Animais da Inglaterra" e receber as ordens para a semana; mas não haveria mais debates.

Apesar do choque causado pela expulsão de Bola de Neve, os animais ficaram desolados com este anúncio. Vários deles teriam protestado se pudessem encontrar os argumentos certos. Até mesmo Golias ficou vagamente perturbado. Suas orelhas estavam ligeiramente viradas para trás e ele abanava o topete várias vezes, tentando arduamente organizar seus pensamentos; mas no final, ele não conseguiu pensar em nada para dizer. Mas alguns dos porcos eram, no entanto, mais articulados. Quatro jovens porcos na fila da frente gritavam estridentemente em tom de desaprovação, e todos os quatro se levantaram e começaram a falar ao mesmo tempo. Mas de repente os cães sentados ao redor de Napoleão soltaram rosnados profundos e ameaçadores, e os porcos se calaram e se sentaram novamente. Em seguida, as ovelhas se lançaram em um tremendo blefe de "Quatro patas bom, duas patas ruim!" que durou quase um quarto de hora e pôs fim a qualquer possibilidade de discussão.

Em seguida, Berro foi enviado para explicar o novo arranjo aos outros.

"Camaradas", disse ele, "espero que cada animal aqui valorize o sacrifício que o camarada Napoleão fez ao tomar para si este trabalho extra. Não imaginem, camaradas, que a liderança é um prazer! Pelo contrário, é uma responsabilidade difícil e pesada. Ninguém acredita mais firmemente do que o camarada Napoleão que todos os animais são iguais. Ele ficaria muito feliz em deixar vocês tomarem suas próprias decisões. Mas às vezes vocês podem acabar tomando as decisões erradas, camaradas, e então, onde estaríamos? Vamos supor que vocês tivessem decidido seguir Bola de Neve, com seu sonho de moinhos de vento – Bola de Neve que, como sabemos agora, não passava de um criminoso?".

"Ele lutou bravamente na Batalha do Estábulo", disse alguém.

"Bravura não basta", disse Berro. "Lealdade e obediência são mais importantes. E quanto à Batalha do Estábulo, acredito que chegará o momento em que descobriremos que o papel de Bola de Neve nela foi muito exagerado. Disciplina, camaradas, disciplina de ferro! Essa é a palavra de ordem para hoje. Um passo em falso, e nossos inimigos estarão sobre nós. Com certeza, camaradas, vocês não querem Jones de volta".

Mais uma vez, este argumento era incontestável. Certamente, os animais não queriam Jones de volta; se era possível que a realização dos debates nas manhãs de domingo contribuísse para a volta de Jones, então os debates deveriam parar. Golias, que agora tinha tido tempo para refletir, expressou o sentimento geral dizendo: "Se o camarada Napoleão diz, deve estar certo". E a partir daí ele adotou a máxima: "Napoleão está sempre certo", além de seu lema pessoal: "Vou trabalhar mais".

Nessa época, o tempo já estava mudando e a aragem da primavera havia começado. O galpão onde Bola de Neve havia traçado seus planos do moinho de vento havia sido fechado e se supunha que os planos tinham sido apagados do chão. Todos os domingos de manhã, às dez horas, os animais se reuniam no grande celeiro para receber suas ordens para a semana. O crânio do velho Major, agora já sem qualquer resquício de carne, havia sido desenterrado do pomar e exposto em um toco ao pé da bandeira, ao lado da arma. Após o hasteamento da bandeira, os animais eram obrigados a passar pelo crânio de forma reverente antes de entrar no celeiro. Agora já não se sentavam todos juntos como antes. Napoleão, assim como Berro e um outro porco chamado Minimus, que tinha um dom notável para compor canções e poemas, sentavam-se na frente da plataforma elevada, com os nove cachorros jovens formando um semicírculo à sua volta e os outros porcos sentados atrás. O resto dos animais sentou-se de frente para eles na parte principal do celeiro. Napoleão leu as ordens para a semana em estilo militar áspero e, depois de um único canto de "Animais da Inglaterra", todos os animais se dispersaram.

No terceiro domingo após a expulsão de Bola de Neve, os animais ficaram um pouco surpresos ao ouvir Napoleão anunciar que o moinho de vento seria construído no fim das contas. Ele não deu nenhuma razão para ter mudado de ideia, simplesmente avisou os animais que esta tarefa extra significaria muito trabalho árduo, podendo até mesmo ser necessário reduzir suas rações. Os planos, entretanto, tinham sido todos preparados, até o último detalhe. Um comitê especial de porcos estava trabalhando neles durante as últimas três semanas. A construção do moinho de vento, além de várias outras melhorias, deveria levar dois anos.

Naquela noite, Berro explicou em particular para os outros animais que Napoleão nunca se opôs ao moinho de vento. Pelo contrário, foi ele quem o tinha defendido no início, e o plano que Bola de Neve tinha desenhado no chão do galpão tinha sido, na verdade, roubado de Napoleão. O moinho de vento foi, de fato, uma criação do próprio Napoleão. Por que então, perguntou alguém, ele havia falado tão fortemente contra o plano? Agora Berro parecia muito dissimulado. Isso, disse ele, era a astúcia do camarada Napoleão. *Parecia* que ele tinha se oposto ao moinho de vento simplesmente como uma manobra para se livrar de Bola de Neve, que era uma figura perigosa e uma má influência. Agora que estava fora do caminho, o plano podia ir adiante sem sua interferência. Isto, disse Berro, era algo chamado de tática. Ele repetiu várias vezes, "Tática, camaradas, tática!" pulando e balançando sua cauda com uma alegre gargalhada. Os animais não tinham certeza do que a palavra significava, mas Berro foi tão persuasivo, e os três cães que estavam com ele rosnaram tão ameaçadoramente, que aceitaram sua explicação sem mais perguntas.

CAPÍTULO VI

CAPÍTULO VI

Durante todo o ano, os animais trabalharam como escravos. Mas eles eram felizes trabalhando; não se opunham a fazer nenhum esforço ou sacrifício, conscientes de que tudo o que faziam era em benefício próprio e daqueles de sua espécie que ainda nasceriam, e não em benefício de um bando de seres humanos ociosos e ladrões.

Durante a primavera e o verão eles trabalharam sessenta horas por semana e em agosto Napoleão anunciou que trabalhariam também nas tardes de domingo. Este trabalho era estritamente voluntário, mas qualquer animal que se ausentasse teria sua ração reduzida pela metade. Mesmo assim, precisaram abrir mão de certas tarefas. A colheita não foi tão bem sucedida quanto no ano anterior, e dois campos que deveriam ter sido semeados com raízes no início do verão não foram porque a terra não fora arada a tempo. Já dava para prever que o inverno seria bem difícil.

O moinho de vento apresentou muitas dificuldades inesperadas. Havia uma boa pedreira de calcário na fazenda, e tinham encontrado muita areia e cimento em um dos galpões, de modo que todos os materiais para a construção estavam à mão. Mas o problema que os animais não conseguiam resolver a princípio era como quebrar a pedra em pedaços de tamanho adequado. Não parecia haver maneira de fazer isso, exceto com picaretas e pés-de-cabra, que nenhum animal conseguia usar, pois nenhum animal ficava de pé em suas patas traseiras. Foi somente depois de semanas de esforço em vão que uma boa ideia ocorreu a alguém – usar a força da gravidade. Grandes rochas, grandes demais para serem usadas como eram, estavam espalhadas por todo o leito da pedreira. Os animais amarravam cordas ao redor delas e então puxavam com uma lentidão desesperadora, todos juntos, vacas, cavalos, ovelhas e qualquer outro animal que pudesse segurar a corda – até mesmo os porcos se juntavam em momentos críticos – até o topo da pedreira, de onde as pedras eram derrubadas para se despedaçarem em pedaços menores abaixo. Transportar a pedra depois de quebrada era relativamente simples. Os cavalos as carregavam em carroças, as ovelhas arrastavam uma por uma, e até mesmo Muriel e Benjamin usavam uma charrete velha e faziam sua parte. Até o final do verão acumularam um estoque suficiente de pedras e então a construção começou, sob a supervisão dos porcos.

Mas foi um processo lento e laborioso. Frequentemente era necessário um dia inteiro de esforço exaustivo para conseguirem arrastar uma única pedra até o topo da pedreira, e nem sempre elas quebravam quando caiam. Eles nunca teriam conseguido sem o Golias, cuja força parecia igual à de todos os outros animais juntos. Quando as pedras começaram a escorregar encosta abaixo e os animais gritavam desesperados ao se verem arrastados pela colina, era sempre ele que fazia força para segurar a corda e conseguia parar a pedra. Vê-lo trabalhar na encosta, subindo de pouco a pouco, com a respiração rápida, as pontas de seus cascos o segurando no chão e seus grandes flancos cheios de suor, deixava todos admirados. Esperança o advertiu algumas vezes para não se esforçar demais, mas Golias nunca a ouvia. Seus dois lemas, "Vou trabalhar mais" e "Napoleão está sempre certo", pareciam-lhe uma resposta suficiente para todos os problemas. Tinha feito arranjos com o galo para ser acordado três quartos de hora mais cedo de manhã, ao invés de meia hora. E em seus momentos de lazer, tão raros hoje em dia, ele ia sozinho à pedreira, recolhia um carregamento de pedras quebradas e arrastava até o local de construção do moinho sem nenhuma ajuda.

O verão não foi tão ruim assim para os animais, apesar do trabalho duro. Se não tinham mais comida do que tinham nos dias de Jones, pelo menos não tinham menos. A vantagem de só ter que se alimentar e não ter que suportar cinco seres humanos extravagantes também era tão grande que os fracassos compensavam. E em muitos aspectos, o método animal de fazer as coisas era mais eficiente e poupava trabalho. Trabalhos como capinar, por exemplo, podiam ser feitos com uma minuciosidade impossível para os seres humanos. E novamente, como nenhum animal roubava agora, era desnecessário cercar o pasto da terra arável, o que poupava muito trabalho na manutenção de cercas e portões. No entanto, com o passar do verão, a escassez imprevista de algumas coisas começou a ser percebidas. Havia necessidade de óleo de parafina, pregos, cordel, biscoitos para cães e ferraduras para os cavalos, todos itens que não poderiam ser produzidos na fazenda. Mais tarde haveria também necessidade de sementes e adubos artificiais, além de várias ferramentas e, finalmente, a maquinaria para o moinho de vento. Como estas seriam adquiridas, ninguém conseguia imaginar.

Numa manhã de domingo, quando os animais se reuniram para receber suas instruções, Napoleão anunciou que havia adotado uma nova política. A partir de agora, a Fazenda dos Animais se dedicaria ao comércio com as fazendas vizinhas: não, é claro, para qualquer propósito comercial, mas simplesmente para obter certos materiais que eram urgentemente necessários. As necessidades do moinho de vento devem se sobrepor a tudo o resto, disse ele. Ele estava, portanto, tomando providências para vender uma pilha de feno e parte da safra de trigo do ano corrente, e mais tarde, se mais dinheiro fosse necessário, eles teriam que vender ovos, sempre muito requisitados em Willingdon. As galinhas, disse Napoleão, deveriam acolher este sacrifício como sua própria contribuição especial para a construção do moinho de vento.

Mais uma vez os animais estavam conscientes de um vago mal-estar. Não tratar com seres humanos, não fazer comércio, não usar dinheiro – não foram estas as primeiras resoluções aprovadas naquela reunião triunfante depois da expulsão de Jones? Todos os animais se lembravam de ter aprovado tais resoluções: ou pelo menos pensavam que se lembravam disso. Os quatro jovens porcos que haviam protestado quando Napoleão aboliu as Reuniões levantaram timidamente suas vozes, mas foram prontamente silenciados por um tremendo rosnado dos cães. Então, como de costume, as ovelhas gritaram "Quatro patas bom, duas patas ruim!" e o constrangimento momentâneo foi suavizado. Finalmente, Napoleão levantou sua pata para pedir silêncio e anunciou que já havia feito todos os arranjos. Não haveria necessidade de os animais entrarem em contato com seres humanos, o que seria claramente indesejável. Ele pretendia assumir todo o fardo sobre seus próprios ombros. Um tal de Sr. Whymper, um advogado residente em Willingdon, tinha concordado em agir como intermediário entre a Fazenda dos Animais e o mundo exterior, e visitaria a fazenda toda segunda-feira de manhã para receber suas instruções. Napoleão terminou seu discurso com seu habitual grito de "Viva a Fazenda dos Animais!" e após o canto de "Animais da Inglaterra", os animais foram dispensados.

Em seguida, Berro fez uma ronda na fazenda e acalmou a mente dos animais. Ele lhes assegurou que a resolução contra o comércio e o uso de dinheiro nunca havia sido aprovada, ou mesmo sugerida. Era pura imaginação, provavelmente originada nas mentiras circuladas por Bola de Neve. Alguns animais ainda se sentiam um pouco duvidosos, mas Berro lhes perguntou com astúcia: "Vocês têm certeza de que isto não é algo que vocês sonharam, camaradas? Vocês têm algum registro de tal resolução? Está escrito em algum lugar?" E como certamente era verdade que nada do tipo existia por escrito, os animais estavam satisfeitos com a explicação que tinham se equivocado.

Toda segunda-feira, o Sr. Whymper visitava a fazenda como havia sido combinado. Ele era um homenzinho de aparência manhosa com bigodes laterais, um despachante de negócios pequenos, mas afiado o suficiente para ter percebido antes de qualquer outro que a Fazenda dos Animais precisaria de um corretor e que valeria a pena ter as comissões. Os animais observavam suas idas e vindas com uma espécie de pavor, e o evitavam o máximo possível. No entanto, a visão de Napoleão, de quatro, entregando ordens à Whymper, que estava de pé, em duas pernas, despertou seu orgulho e os reconciliou parcialmente com o novo arranjo. Suas relações com a raça humana agora não eram exatamente as mesmas que eram antes. Os seres humanos não odiavam menos a Fazenda dos Animais agora que ela estava prosperando; de fato, eles odiavam-na mais do que nunca. Todo ser humano tinha fé que a fazenda iria à falência mais cedo ou mais tarde, e, acima de tudo, que o moinho seria um fracasso. Eles se reuniam nos bares e provavam uns aos outros por meio de diagramas que o moinho estava destinado a cair ou, que se ele se mantivesse em pé, nunca funcionaria. No entanto, contra sua vontade, eles tinham desenvolvido um certo respeito pela eficiência com que os animais estavam administrando seus próprios negócios. Um sintoma disso foi que eles começaram a chamar a Fazenda dos Animais pelo nome próprio e deixaram de fingir que ela se chamava Fazenda Solar. Eles também haviam abandonado a simpatia a Jones, que havia perdido a esperança de ter sua fazenda de volta e ido morar em outra parte do condado. Exceto por Whymper, ainda não havia contato entre a Fazenda dos Animais e o mundo exterior, mas havia constantes rumores de que Napoleão estava prestes a firmar um acordo comercial definitivo com o Sr. Pilkington de Foxwood ou com o Sr. Frederick de Pinchfield – mas nunca, como se notou, com ambos simultaneamente.

Foi mais ou menos nessa época que os porcos se mudaram de repente para a casa da fazenda e passaram a morar lá. Os animais pareciam se lembrar novamente que uma resolução contra isto havia sido aprovada nos primeiros dias, e novamente Berro conseguiu convencê-los de que este não era o caso. Era absolutamente necessário, disse ele, que os porcos, os cérebros da fazenda, tivessem um lugar tranquilo para trabalhar. Também era mais adequado à dignidade do Líder (pois, nos últimos tempos, ele havia começado a se referir a Napoleão como "Líder") viver em uma casa do que em uma simples pocilga. No entanto, alguns dos animais ficaram perturbados quando souberam que os porcos não só comiam suas refeições na cozinha e usavam a sala de visitas como sala de recreação, mas também dormiam nas camas. Golias se acalmou com o "Napoleão está sempre certo!", como sempre, mas Esperança, que achava que se lembrava de uma decisão definitiva contra as camas, foi até o final do celeiro e tentou decifrar os Sete Mandamentos que estavam inscritos ali. Não conseguindo ler mais do que algumas letras específicas, ela foi buscar Muriel.

"Muriel", disse ela, "leia para mim o Quarto Mandamento. Não diz algo sobre nunca dormir em uma cama?".

Muriel leu com alguma dificuldade.

"Diz: 'Nenhum animal deve dormir em uma cama com lençóis'", ela anunciou finalmente.

Curiosamente, Esperança não se lembrava do Quarto Mandamento mencionar lençóis; mas como estava ali na parede, devia ser assim. E Berro, que por acaso estava passando por ali neste momento, acompanhado por dois ou três cães, foi capaz de colocar todo o assunto em perspectiva.

"Vocês ouviram então, camaradas", disse ele, "que nós porcos agora dormimos nas camas da fazenda? E por que não? Vocês não supuseram, certamente, que alguma vez houve uma decisão contra as camas? Uma cama significa apenas um lugar para dormir. Uma pilha de palha em uma baia é uma cama, quando se para para pensar. A regra era contra os lençóis, que são uma invenção humana. Tiramos os lençóis das camas da fazenda, e dormimos entre cobertores. E olha, são camas muito confortáveis! Mas não mais confortáveis do que precisamos, posso dizer-lhes, camaradas, com todo o trabalho intelectual que temos que fazer hoje em dia. Vocês não nos roubariam o nosso descanso, não é, camaradas? Vocês não deixariam que ficássemos cansados demais para cumprir nossas obrigações? Com certeza nenhum de vocês deseja ver Jones de volta, não é?".

Os animais confirmaram imediatamente que não, não queriam, e não se falou mais nada sobre os porcos dormindo nas camas da fazenda. E quando, alguns dias depois, foi anunciado que a partir de agora os porcos se levantariam uma hora mais tarde pela manhã do que os outros animais, ninguém reclamou.

No outono, os animais estavam cansados, mas felizes. Eles tinham tido um ano difícil, e após a venda de parte do feno e do milho, o estoque de alimentos para o inverno não era abundante, mas o moinho de vento compensava tudo. Agora a construção estava quase na metade. Após a colheita, houve um período de tempo claro e seco e os animais trabalhavam mais do que nunca, achando que valia a pena arrastar blocos de pedra o dia inteiro se ao fazer isso eles pudessem levantar mais um pouco as paredes da construção. Golias até saía à noite e trabalhava por uma ou duas horas sozinho à luz da lua cheia. Em seu tempo livre, os animais andavam em volta do moinho semipronto, admirando a força e perpendicularidade de suas paredes e maravilhando-se com o fato de que foram capazes de construir algo tão imponente. Apenas o velho Benjamin se recusava a ficar entusiasmado com o moinho, embora, como de costume, ele não dissesse nada além do comentário misterioso de que os burros vivem muito tempo.

Chegou o mês de novembro, com os ventos raivosos do sudoeste. A construção teve que parar porque agora estava muito úmido para misturar o cimento. Finalmente chegou uma noite em que o vendaval foi tão violento que as instalações da fazenda balançaram sobre suas fundações e várias telhas foram arrancadas do telhado do celeiro. As galinhas despertaram em terror porque todas haviam sonhado simultaneamente que ouviam uma arma disparar ao longe. Pela manhã, os animais saíram de suas baias para descobrir que o mastro da bandeira havia sido derrubado e um olmo no pé do pomar havia sido arrancado como se fosse um rabanete. Eles tinham acabado de perceber isso quando um grito de desespero saiu da garganta de cada um dos animais. Todos viram algo terrível. O moinho de vento estava em ruínas.

Eles se precipitaram rapidamente para o local. Napoleão, que quase nunca saía para caminhar, correu à frente de todos eles. Sim, lá estava o moinho, fruto de todas as suas lutas, levado às suas fundações; as pedras que haviam quebrado e carregado tão laboriosamente estavam espalhadas por toda parte. Incapazes de falar a princípio, eles ficaram olhando em luto para o monte de pedras caídas. Napoleão andava de um lado para o outro em silêncio, ocasionalmente cheirando o chão. Sua cauda se enrijeceu, se torcendo bruscamente de um lado para o outro, sinal de intensa atividade mental. De repente, ele parou, como se tivesse tomado uma decisão.

"Camaradas", disse ele silenciosamente, "vocês sabem quem é o responsável por isto? Vocês sabem quem é o inimigo que veio na noite e derrubou nosso moinho de vento? BOLA DE NEVE!" ele bramiu repentinamente com uma voz de trovão. "Bola de Neve fez isto! Em pura maldade, pensando em atrasar nossos planos e vingar-se de sua desonrosa expulsão, este traidor rastejou até aqui sob a cobertura da noite e destruiu nosso trabalho de quase um ano. Camaradas, aqui e agora eu pronuncio a sentença de morte de Bola de Neve. Ofereço uma ordem 'Herói Animal, Segunda Classe' e meio alqueire de maçãs a qualquer animal que o leve à justiça. Um alqueire cheio para qualquer um que o capturar com vida"!

Os animais ficaram mais do que chocados ao saber que Bola de Neve poderia ser culpado de tal ação. Houve um grito de indignação e todos começaram a pensar em maneiras de capturar o Bola de Neve se ele voltasse algum dia. Quase imediatamente as pegadas de um porco foram descobertas na grama a uma pequena distância do monte. Elas só podiam ser rastreadas por alguns metros, mas pareciam levar a um buraco na sebe. Napoleão farejou profundamente a região e pronunciou que as pegadas eram de Bola de Neve. E afirmou que, na sua opinião, Bola de Neve provavelmente tinha vindo da direção da Fazenda Foxwood.

"Chega de atrasos, camaradas!" gritou Napoleão quando as pegadas haviam sido examinadas. "Há trabalho a ser feito. Vamos começar a reconstruir o moinho de vento nesta manhã mesmo e vamos construir durante todo o inverno, chuva ou sol. Vamos ensinar a este miserável traidor que ele não pode desfazer nosso trabalho tão facilmente. Lembrem-se, camaradas, não deve haver alteração em nossos planos: eles devem ser realizados no prazo. Avante, camaradas! Viva o moinho de vento! Viva a Fazenda dos Animais"!

CAPÍTULO VII

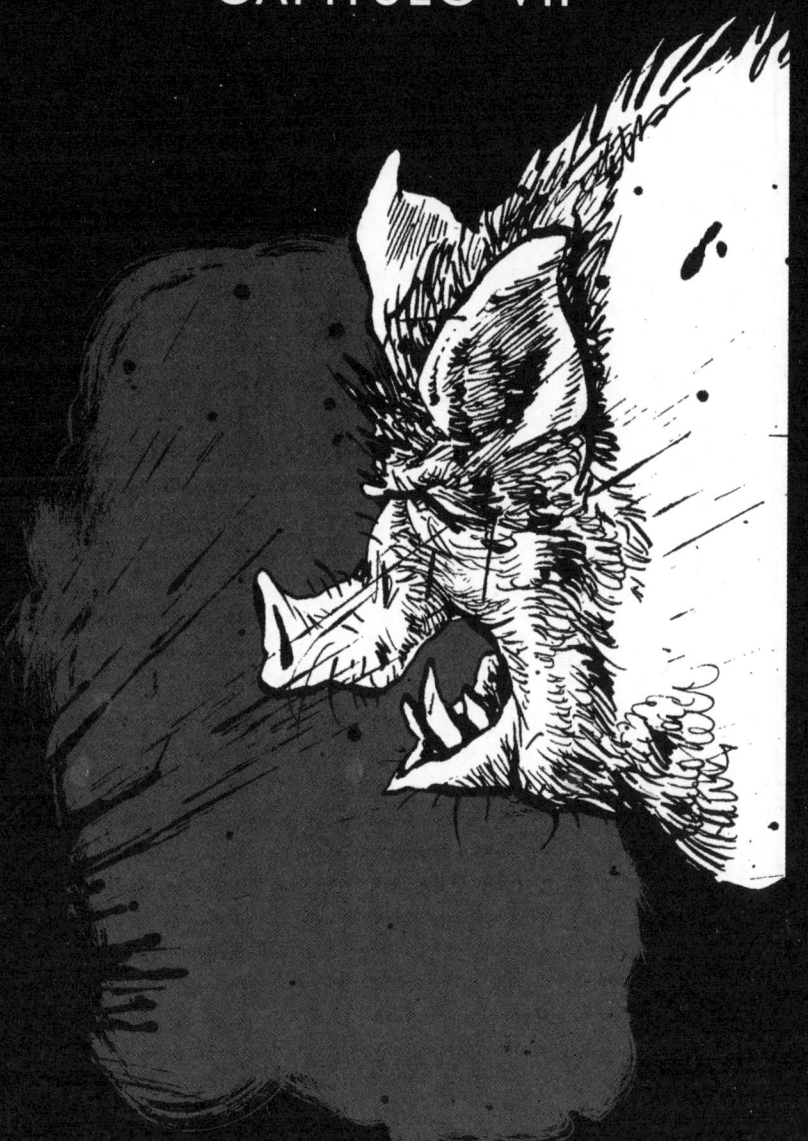

CAPÍTULO VII

Foi um inverno amargo. As tempestades foram seguidas por chuva e neve, e depois por uma geada que não se dissipou até meados de fevereiro. Os animais continuaram a reconstrução do moinho da melhor maneira que conseguiam, bem conscientes de que o mundo exterior os observava e que os seres humanos invejosos se regozijariam e triunfariam se o moinho não fosse terminado a tempo.

Por maldade, os seres humanos fingiram não acreditar que Bola de Neve tinha destruído o moinho, dizendo que ele tinha caído porque as paredes eram muito finas. Os animais sabiam que não era o caso. Ainda assim, foi decidido construir as paredes com três metros de espessura no lugar do meio metro anterior, o que significava coletar uma quantidade muito maior de pedra. Durante muito tempo, a pedreira ficou cheia de neve e nada podia ser feito. Conseguiram avançar um pouco no clima seco e gelado que se seguiu, mas foi um trabalho cruel, e os animais não podiam se sentir tão esperançosos como se sentiam antes. Eles estavam sempre com frio, e geralmente também com fome. Somente Golias e Esperança não perderam o ânimo. Berro fez excelentes discursos sobre a alegria do serviço e a dignidade do trabalho, mas os outros animais encontraram mais inspiração na força do Golias e em seu grito infindável de "Vou trabalhar mais"!

Em janeiro, a comida ficou aquém das expectativas. A ração de milho foi drasticamente reduzida, e foi anunciado que uma ração extra de batata seria distribuída para compensá-la. Descobriu-se então que a maior parte da colheita de batata havia congelado nos sacos, que não haviam sido bem cobertos. As batatas ficaram moles e pálidas e apenas algumas eram comestíveis. Os animais tinham cada vez menos para comer, sobrando pouco além de palha e beterrabas. A inanição estava à espreita.

Era vital esconder este fato do mundo exterior. Encorajados pelo colapso do moinho de vento, os seres humanos estavam inventando novas mentiras sobre a Fazenda dos Animais. Voltaram a dizer que todos os animais estavam morrendo de fome e doenças, e que estavam continuamente lutando entre si e tinham recorrido ao canibalismo e ao infanticídio. Napoleão estava bem ciente dos maus resultados que poderiam se seguir se os fatos reais da situação alimentar fossem conhecidos, e ele decidiu fazer uso do Sr. Whymper para espalhar uma impressão contrária. Até então os animais tinham tido pouco ou nenhum contato com a Whymper em suas visitas semanais: agora, porém, alguns poucos animais selecionados, a maioria ovelhas, foram instruídos a comentar casualmente em sua presença que as rações tinham aumentado. Além disso, Napoleão ordenou que os silos quase vazios no galpão fossem enchidos quase até a borda com areia, que depois era coberta com o que restava do grão e da farinha. Sob algum pretexto adequado, Whymper foi conduzido através do galpão e permitiu que se vislumbrasse os silos. Ele foi enganado, e continuou a informar ao mundo exterior que não havia escassez de alimentos na Fazenda dos Animais.

No entanto, no final de janeiro tornou-se óbvio que seria necessário obter mais grãos de alguma maneira. Nesses dias, Napoleão raramente aparecia em público, mas passava todo seu tempo na casa, guardada em cada porta pelos cães de aparência feroz. Quando surgia, era de maneira cerimonial, com uma escolta de seis cães que o cercavam de perto e rosnavam se alguém se aproximasse demais. Com frequência, ele nem sequer aparecia nas manhãs de domingo, emitindo suas ordens através de um dos outros porcos, geralmente o Berro.

Capítulo VII

Numa manhã de domingo o Berro anunciou que as galinhas, que estavam começando a botar ovos agora, deveriam entregar cada um deles para os porcos. Napoleão havia aceitado, através da Whymper, um contrato de quatrocentos ovos por semana. O preço destes pagaria por grãos e refeições suficientes para manter a fazenda funcionando até o verão, quando a situação ficaria mais fácil.

Quando as galinhas ouviram isto, elas levantaram um clamor terrível. Elas haviam sido advertidas anteriormente de que este sacrifício poderia ser necessário, mas não tinham acreditado que isso realmente aconteceria. Elas estavam apenas começando a preparar suas ninhadas para a primavera, e protestaram que tirar os ovos agora era assassinato. Pela primeira vez desde a expulsão de Jones, houve algo que se assemelhava a uma rebelião. Lideradas por três jovens galinhas minorcas, elas fizeram um esforço determinado para frustrar os desejos de Napoleão. Seu método era voar até o caibro para depositar seus ovos, que se desfaziam em pedaços quando chegavam ao chão. Napoleão agiu rápido e sem piedade. Ele ordenou que a ração das galinhas fosse suspensa e decretou que qualquer animal que desse um grão de milho sequer a uma galinha seria punido com a morte. Os cães ficaram de guarda para que estas ordens fossem cumpridas. Durante cinco dias as galinhas resistiram, depois capitularam e voltaram para os ninhos. Nove galinhas haviam morrido nesse meio tempo. Seus corpos foram enterrados no pomar, e foi informado que elas haviam morrido de coccidiose. Whymper não ouviu nada sobre este caso, e os ovos foram devidamente entregues em uma carroça do merceeiro, que ia até a fazenda uma vez por semana para pegá-los.

Durante todo esse tempo, Bola de Neve não foi mais visto. Corriam rumores de que ele estaria escondido em uma das fazendas vizinhas, Foxwood ou Pinchfield. Napoleão tinha então melhorado levemente seu relacionamento com os outros fazendeiros. Acontece que havia no pátio uma quantidade razoável de madeira que havia sido empilhada lá dez anos antes quando um bosque de faias foi desmatado. A madeira estava bem temperada, e Whymper havia aconselhado Napoleão a vendê-la; tanto o Sr. Pilkington quanto o Sr. Frederick estavam interessados em comprá-la. Napoleão estava hesitante entre os dois, incapaz de se decidir. Sempre que estava perto de fechar um acordo com Frederick, dizia-se que Bola de Neve estava escondido em Foxwood, quando ele se inclinava a fechar com Pilkington, dizia-se que Bola de Neve estava em Pinchfield.

De repente, no início da primavera, uma coisa alarmante foi descoberta. Bola de Neve frequentava a fazenda secretamente à noite! Os animais estavam tão perturbados que mal conseguiam dormir em seus estábulos. Todas as noites, dizia-se, ele vinha rastejando sob a escuridão e fazia todo tipo de travessuras. Roubava o milho, derrubava baldes de leite, quebrava os ovos, pisoteava canteiros, roía a casca das árvores frutíferas. Sempre que alguma coisa ruim acontecia, era atribuída a Bola de Neve. Se uma janela quebrasse ou um ralo entupisse, alguém com certeza diria que Bola de Neve tinha feito isso durante a noite, e quando a chave do galpão foi perdida, toda a fazenda estava convencida de que Bola de Neve a jogara no poço. Curiosamente, eles continuaram acreditando nisso mesmo depois que a chave mal guardada foi encontrada sob um saco de refeição. As vacas declararam unanimemente que o Bola de Neve entrou em seus estábulos e os ordenhou enquanto dormiam. Os ratos, que tinham sido problemáticos naquele inverno, supostamente estavam no time de Bola de Neve.

Napoleão decretou que haveria uma investigação completa sobre as atividades do Bola de Neve. Com a presença de seus cães, ele partiu e fez uma cuidadosa visita de inspeção nas instalações da fazenda, seguido a uma distância respeitosa pelos outros animais. De vez em quando, Napoleão parava e raspava o chão em busca de vestígios das pegadas de Bola de Neve, que, segundo ele, podia sentir pelo cheiro. Ele farejava cada canto, no celeiro, no galpão, nos galinheiros e na horta, e encontrou vestígios de Bola de Neve em quase todos os lugares. Ele colocava seu focinho no chão, dava várias fungadas profundas e exclamava com uma voz terrível: "Bola de Neve já esteve aqui! Eu posso cheirá-lo", e quando dizia "Bola de Neve" todos os cães soltaram rosnados assustadores e mostraram seus caninos.

Os animais estavam completamente amedrontados. Parecia-lhes que Bola de Neve era uma espécie de influência invisível, pairando no ar sobre eles e ameaçando-os com todos os tipos de perigos. À noite, Berro os chamou e, com uma expressão alarmada em seu rosto, disse-lhes que tinha algumas notícias sérias a relatar

"Camaradas!" gritou Berro, fazendo pequenos saltos nervosos, "uma coisa terrível foi descoberta. Bola de Neve se vendeu a Frederick da Fazenda

Pinchfield, que está conspirando para nos atacar e tirar a fazenda de nós! Bola de Neve supostamente vai agir como guia quando o ataque começar. Mas fica pior. Tínhamos pensado que a rebelião de Bola de Neve era causada simplesmente por vaidade e ambição. Mas estávamos errados, camaradas. Sabem qual foi a verdadeira razão? Bola de Neve estava do lado de Jones desde o início! Era o agente secreto de Jones este tempo todo. Tudo isso foi provado por documentos que deixou para trás e acabamos de encontrar. Para mim isto explica muita coisa, camaradas. Não vimos por nós mesmos como ele tentou – por sorte sem sucesso – nos derrotar e nos destruir na Batalha do Estábulo?"

Os animais ficaram estupefatos. Esta foi uma maldade que ultrapassava de longe a destruição do moinho. Eles precisaram de alguns minutos para absorver completamente a notícia. Todos eles se lembravam, ou pensavam se lembrar, de ter visto Bola de Neve liderando a Batalha do Estábulo, como tinha se mobilizado e os encorajado a cada momento, e como ele não tinha parado nem mesmo por um instante quando os tiros da arma de Jones feriram suas costas. No início foi um pouco difícil entender como poderia estar do lado de Jones. Até mesmo Golias, que raramente fazia perguntas, ficou intrigado. Ele deitou-se, enfiou seus cascos dianteiros debaixo dele, fechou os olhos e, com um esforço duro, conseguiu formular seus pensamentos.

"Eu não acredito nisso", disse ele. "Bola de Neve lutou bravamente na Batalha do Estábulo. Eu mesmo vi. Não lhe demos 'Herói Animal, Primeira Classe', logo depois?".

"Esse foi o nosso erro, camarada. Pois sabemos agora – tudo está escrito nos documentos secretos que encontramos – que na realidade ele estava tentando nos atrair para a nossa derrota".

"Mas ele estava ferido", disse Golias. "Todos nós o vimos com sangue escorrendo".

"Isso era parte do arranjo", gritou Berro. "O tiro de Jones só o acertou de raspão. Eu poderia mostrar isto por escrito, se você fosse capaz de ler. A ideia era que Bola de Neve, no momento crítico, desse o sinal de fuga para deixar o campo para o inimigo. E ele quase conseguiu – eu diria até mesmo, camaradas, ele *teria* conseguido se não fosse por nosso heroico líder, o camarada Napoleão. Você não se lembra como, exatamente no momento em que Jones e seus homens tinham entrado no pátio, Bola de Neve de repente virou e fugiu, e muitos animais o seguiram? E você não se lembra, também, que foi justamente naquele momento, quando o pânico se espalhava e tudo parecia perdido, que o camarada Napoleão avançou com um grito de 'Morte à Humanidade' e afundou seus dentes na perna de Jones? Certamente vocês se lembram disso, camaradas..." exclamou Berro, revirando de um lado para o outro.

Agora que Berro descreveu a cena de forma tão detalhada, parecia que os animais se lembravam dela. De qualquer forma, eles se lembraram que no momento crítico da batalha Bola de Neve havia se virado para fugir. Mas Golias ainda estava um pouco inquieto.

"Não acredito que Bola de Neve tenha sido um traidor desde o início", disse finalmente. "O que ele tem feito desde então é diferente. Mas acredito que na Batalha do Estábulo ele era um bom camarada".

"Nosso líder, Camarada Napoleão", anunciou Berro, falando muito lenta e firmemente, "declarou categoricamente – categoricamente, camarada – que Bola de Neve foi o agente de Jones desde o início – sim, e desde muito antes da Revolução ter sido pensada".

"Ah, isso é diferente", disse Golias. "Se o camarada Napoleão diz, deve estar certo".

"Esse é o verdadeiro espírito, camarada!" gritou Berro, mas se notou que ele lançou um olhar desconfiado para Golias com seus pequenos olhos cintilantes. Ele se virou para ir, depois fez uma pausa e acrescentou de forma impressionante: "Aviso todos os animais desta fazenda para manter seus olhos bem abertos. Pois temos razões para acreditar que alguns dos agentes secretos do Bola de Neve estão entre nós neste momento"!

Quatro dias mais tarde, no final da tarde, Napoleão ordenou que todos os animais se reunissem no pátio. Quando todos eles estavam reunidos, Napoleão emergiu da fazenda, vestindo todas as suas medalhas (pois ele havia se premiado recentemente tanto com "Herói Animal, Primeira Classe", quanto com "Herói Animal, Segunda Classe"), e protegido por seus nove cães enormes, que emitiam rosnados que provocavam calafrios em todos os animais. Todos eles se acovardaram silenciosamente em seus lugares, parecendo saber antecipadamente que alguma coisa terrível estava prestes a acontecer.

Napoleão ficou de pé, vigiando com firmeza sua plateia; em seguida, proferiu um choramingar agudo. Imediatamente os cachorros se aproximaram, agarraram quatro porcos pela orelha. Guinchando de dor e terror, foram levados até os pés de Napoleão. As orelhas dos porcos estavam sangrando; os cães haviam provado sangue e por alguns momentos pareciam ter enlouquecido. Para o espanto de todos, três deles se atiraram sobre Golias. Ele os viu chegando e levantou seu grande casco, pegando um dos cães no ar e o prendendo ao chão. O cão gritou por misericórdia e os outros dois fugiram com o rabo entre as pernas. Golias olhou para Napoleão para saber se ele deveria esmagar o cão até a morte ou deixá-lo ir. Napoleão pareceu mudar de semblante, e ordenou com veemência que soltasse o cão, então Golias levantou o casco e o cão se afastou, machucado e uivando.

Então o tumulto acabou. Os quatro porcos esperaram, tremendo e com cara de culpados. Napoleão agora os convidava a confessar seus crimes. Eles eram os mesmos quatro porcos que haviam protestado quando Napoleão aboliu as reuniões dominicais. Sem mais, confessaram que estavam em contato secreto com Bola de Neve desde sua expulsão, que haviam colaborado com ele na destruição do moinho de vento e que haviam firmado um acordo com ele para entregar a Fazenda dos Animais ao Sr. Frederick. Acrescentaram que Bola de Neve havia admitido em particular que havia sido o agente secreto de Jones por muitos anos. Quando terminaram sua confissão, os cães prontamente arrancaram suas gargantas, e Napoleão perguntou, com uma voz terrível, se algum outro animal tinha algo a confessar.

As três galinhas que tinham sido as líderes da tentativa de rebelião dos ovos agora se apresentaram e declararam que Bola de Neve aparecera para elas em sonho e as incitara a desobedecer às ordens de Napoleão. Elas também foram massacradas. Então um ganso se apresentou e confessou ter roubado seis espigas de milho durante a colheita do ano passado e as comido durante a noite. Então uma ovelha confessou ter urinado no bebedouro – impelida, segundo ela, por Bola de Neve – e duas outras ovelhas confessaram ter assassinado um velho carneiro, um seguidor dedicado de Napoleão, perseguindo-o em volta de uma fogueira quando ele estava sofrendo de tosse. Todos eles foram mortos no local. E assim continuou a história das confissões e das execuções, até uma pilha de cadáveres se formar diante dos pés de Napoleão e o ar ficar pesado com o cheiro de sangue, que era desconhecido ali desde a expulsão de Jones.

Quando tudo acabou, os animais restantes, exceto os porcos e os cães, foram embora juntos. Eles estavam abalados e inconsoláveis. Eles não sabiam o que era mais chocante – a traição dos animais que haviam se juntado a Bola de Neve ou a cruel retribuição que haviam acabado de testemunhar. Antigamente, havia muitas cenas igualmente terríveis de derramamento de sangue, mas parecia que era muito pior agora que isso estava acontecendo entre eles. Desde que Jones havia deixado a fazenda, nenhum animal havia matado outro animal até hoje. Nem mesmo um rato havia sido morto. Eles tinham se encaminhado para o pequeno morro onde estava o moinho de vento semipronto e, em comum acordo, todos se deitaram juntos e se aconchegaram – Esperança, Muriel, Benjamin, as vacas, as ovelhas e toda a ninhada de gansos e galinhas – todos, de fato, exceto a gata, que desaparecera de repente pouco antes de Napoleão chamar a reunião. Durante algum tempo, ninguém falou. Somente Golias permaneceu de pé. Ele se agitava de um lado para o outro, balançando sua longa cauda preta contra os lados e, ocasionalmente, proferindo um pequeno gemido de surpresa. Finalmente, ele disse:

"Eu não entendo. Eu não teria acreditado que coisas assim pudessem acontecer em nossa fazenda. Isso deve ser alguma falha em nós mesmos. A solução, a meu ver, é trabalhar com mais afinco. De agora em diante, vou me levantar uma hora mais cedo".

E ele partiu em seu trote até a pedreira. Lá, recolheu duas cargas sucessivas de pedra e as arrastou para o moinho antes de repousar para a noite.

Os animais se amontoaram ao redor da Esperança sem falar nada. O monte onde estavam deitados dava-lhes uma ampla vista de toda a zona rural. A maior parte da Fazenda dos Animais estava dentro de sua visão – o longo pasto que se estendia até a estrada principal, o campo de feno, o bosque, o açude, os campos arados onde o trigo jovem crescia grosso e verde, e os telhados vermelhos dos edifícios da fazenda com a fumaça saindo das chaminés. Era uma noite clara de primavera. A grama e as cercas estavam douradas pelos raios de sol. A fazenda – e com uma espécie de surpresa eles se lembraram de que isso se tratava da sua própria fazenda, cada centímetro dela era própria propriedade dos animais – nunca pareceu mais desejável para eles. Enquanto Esperança olhava colina abaixo, seus olhos se encheram de lágrimas. Se ela pudesse expressar seu pensamento, teria dito que este não era o seu objetivo quando se propuseram, anos atrás, a trabalhar para derrubar a raça humana. Estas cenas de terror e massacre não eram o que eles esperavam naquela noite em que o velho Major os incitou pela primeira vez à rebelião. Se ela própria tinha alguma expectativa do futuro, tinha sido de uma sociedade de animais livres da fome e do chicote, todos iguais, cada um trabalhando de acordo com sua capacidade, os fortes protegendo os fracos, como ela tinha protegido a ninhada perdida de patinhos com sua perna dianteira na noite do discurso do Major. Em vez disso – ela não sabia por que – tinham chegado a um momento em que ninguém ousava falar o que pensava, em que cães bravos e ferozes vagavam por toda parte, em que se tinha que ver camaradas serem despedaçados depois de confessar crimes chocantes. Não havia nenhum pensamento de rebeldia ou desobediência em sua mente. Ela sabia que, mesmo assim, as coisas estavam muito melhor do que estavam nos dias de Jones e que o mais importante era impedir o retorno dos seres humanos. O que quer que acontecesse, ela permaneceria fiel, trabalharia duro, cumpriria as ordens que lhe foram dadas e aceitaria a liderança de Napoleão. Mas mesmo assim, não era isso que ela e os outros animais esperavam. Não era para isso que trabalhavam. Não era para isso que construíram o moinho e enfrentaram as balas da arma de Jones. Tais eram seus pensamentos, embora lhe faltassem as palavras para expressá-los.

Finalmente, acreditando que isso era um substituto para as palavras que não conseguia encontrar, ela começou a cantar "Animais da Inglaterra". Os outros animais sentados ao seu redor pegaram a deixa e cantaram o hino três vezes – de forma afinada, mas lenta e em luto, de uma forma que nunca tinham cantado antes.

Eles tinham acabado de cantá-la pela terceira vez quando Berro, acompanhado por dois cães, se aproximou deles com cara de quem tinha algo importante a dizer. Ele anunciou que, por um decreto especial do camarada Napoleão, "Animais da Inglaterra" havia sido abolida. A partir de agora, era proibido cantá-la.

Os animais foram tomados de surpresa.

"Por que?" gritou Muriel.

"Não é mais necessário, camarada", disse Berro com firmeza. "'Animais da Inglaterra' era a canção da Revolução, que já está completa. A execução dos traidores esta tarde foi o ato final. O inimigo, tanto externo quanto interno, foi derrotado. Em 'Animais da Inglaterra' expressamos nosso anseio por uma sociedade melhor nos dias que virão. Mas essa sociedade foi agora estabelecida. Claramente, esta canção não tem mais nenhum propósito".

    Por mais assustados que estivessem, alguns dos animais teriam protestado, mas neste momento as ovelhas emitiram seu habitual balido de "Quatro patas bom, duas patas ruim", que durou vários minutos e pôs um fim à discussão.

    Assim, "Animais da Inglaterra" não foi mais ouvida. Em seu lugar Minimus, o poeta, tinha composto outra canção que começou:

Fazenda dos Animais, Fazenda dos Animais,
Por mim não farás mal jamais!

e isto foi cantado todos os domingos de manhã após o içar da bandeira. Mas de alguma forma nem as palavras nem a melodia pareciam chegar aos pés de "Animais da Inglaterra".

CAPÍTULO VIII

CAPÍTULO VIII

Poucos dias depois, quando o terror causado pelas execuções havia passado, alguns dos animais se lembraram – ou achavam que se lembraram – que o Sexto Mandamento decretava que "Nenhum animal matará outro animal". E, embora ninguém mencionasse isso na presença de porcos ou cães, sentiam que as mortes recentes não respeitavam o mandamento. A Esperança pediu a Benjamin que lesse o Sexto Mandamento, e quando Benjamin, como de costume, disse que se recusava a se intrometer em tais assuntos, ela foi buscar Muriel. Muriel leu o mandamento para ela: "Nenhum animal matará outro animal *sem causa*". De uma forma ou de outra, as duas últimas palavras haviam escapado da memória dos animais. Mas eles viram agora que o Mandamento não tinha sido violado; pois claramente havia uma boa razão para matar os traidores que se ligaram a Bola de Neve.

Ao longo deste ano os animais trabalharam ainda mais do que haviam trabalhado no ano anterior. Reconstruir o moinho de vento, com paredes mais grossas do que antes, e terminá-lo na data marcada, sem negligenciar o trabalho regular da fazenda, foi um esforço tremendo. Em alguns momentos, achavam que trabalhavam mais e se alimentavam pior do que nos dias de Jones. Nas manhãs de domingo, Berro, segurando uma longa tira de papel com sua pata, lia para eles listas de números comprovando que a produção de cada classe de alimentos havia aumentado em duzentos, trezentos ou quinhentos por cento. Os animais não viam motivos para desacreditá-lo, especialmente porque não conseguiam mais se lembrar muito bem das condições anteriores à Revolução. Mesmo assim, em vários dias eles prefeririam ter medos dados e mais comida.

Todas as ordens eram agora emitidas através de Berro ou um dos outros porcos. O próprio Napoleão não era visto em público mais de uma vez a cada quinze dias. Quando aparecia, era acompanhado não apenas por sua comitiva de cães, mas também por um galo preto que marchava à sua frente e agia como uma espécie de trompetista, deixando sair um "cocoricó" alto antes de Napoleão falar. Ouviram falar que até mesmo na casa Napoleão usava cômodos separados dos outros porcos. Ele comia suas refeições sozinho, com dois cachorros à sua espera, e sempre comia do serviço de jantar do Crown Derby, que antes ficava no armário de vidro da sala de visitas. Também foi anunciado que a arma seria disparada todos os anos no aniversário de Napoleão, assim como nas outras duas datas comemorativas.

Nunca se falava de Napoleão simplesmente como "Napoleão". Agora ele era "nosso Líder, Camarada Napoleão", e os porcos gostavam de inventar títulos como "Pai de Todos os Animais", "Terror da Humanidade", "Protetor do Povo das Ovelhas", "Amigo dos Patinhos", e assim por diante para ele. Em seus discursos, Berro falava com lágrimas nos olhos sobre sabedoria de Napoleão, a bondade de seu coração e o profundo amor que ele sentia por todos os animais em todos os lugares, até mesmo e especialmente os animais infelizes que ainda viviam na ignorância e escravidão em outras fazendas. Tinha se tornado comum dar a Napoleão o crédito de cada conquista bem-sucedida e de cada golpe de sorte. Se ouvia frequentemente uma galinha comentando com outra: "Sob a orientação de nosso líder, o camarada Napoleão, eu pus cinco ovos em seis dias"; ou duas vacas, desfrutando de uma bebida no açude, exclamando: "Como o sabor desta água é excelente, graças à liderança do camarada Napoleão"! O sentimento geral da fazenda foi bem expresso em um poema intitulado Camarada Napoleão, composto por Minimus. O poema é o seguinte:

Amigo dos miseráveis!
Fonte dos afáveis!
Senhor da lavagem! Razão da canção
Do ardoroso rouxinol
Com teus olhos é farol,
Como a luz no céu do Sol
Camarada Napoleão!

Tu és em tuas venturas
Tudo que ama as criaturas:
Palha pro aconchego, farta refeição.
Não importa o animal
Descansa só ou em casal
Sob teu amparo bestial
Camarada Napoleão!

Antes mesmo que espichasse
Para altura de uma alface
Ou de uma garrafa, o jovem leitão
Compreendido terá
Sincero te seguirá
E o guincho primo será
"Camarada Napoleão!"

Napoleão aprovou este poema e fez com que ele fosse inscrito na parede do grande celeiro, na extremidade oposta aos Sete Mandamentos, junto de um retrato de si mesmo, em perfil, executado por Berro em tinta branca.

Enquanto isso, através da mediação de Whymper, Napoleão estava envolvido em complicadas negociações com Frederick e Pilkington. A pilha de madeira ainda estava à venda. Dos dois, Frederick era o mais ansioso para conseguir a pilha, mas se recusava a oferecer um preço razoável. Ao mesmo tempo, havia rumores recentes de que Frederick e seus homens estavam tramando para atacar a Fazenda dos Animais e destruir o moinho de vento, cuja construção havia despertado nele um ciúme furioso. Sabia-se que o Bola de Neve ainda estava se escondendo na Fazenda Pinchfield. No meio do verão, os animais ficaram alarmados ao saber que três galinhas haviam se apresentado e confessaram que, inspiradas por Bola de Neve, haviam entrado em um complô para assassinar Napoleão. Elas foram executadas imediatamente e novas precauções para a segurança de Napoleão foram tomadas. Quatro cães guardavam sua cama à noite, um em cada ponta, e um jovem porco chamado Remela recebeu a tarefa de provar toda sua comida antes de comê-la, para conferir se não estava envenenada.

Mais ou menos nessa época, foi informado que Napoleão tinha conseguido vender a pilha de madeira ao Sr. Pilkington; ele também estava negociando um acordo regular para a troca de certos produtos entre a Fazenda dos Animais e Foxwood. As relações entre Napoleão e Pilkington, embora só fossem conduzidas através de Whymper, eram agora quase amigáveis. Os animais desconfiavam de Pilkington como um ser humano, mas o preferiam a Frederick, a quem tanto temiam quanto odiavam. À medida que o verão continuava e a construção do moinho de vento se aproximava do fim, os rumores de um ataque traiçoeiro iminente se tornaram cada vez mais fortes. Ouviram dizer que Frederick pretendia trazer vinte homens, todos armados com armas, para lutar contra os animais e que ele já havia subornado os magistrados e a polícia, então se ele conseguisse obter os títulos de propriedade da Fazenda dos Animais, ninguém faria perguntas. Além disso, histórias terríveis estavam vazando de Pinchfield sobre as crueldades que Frederick praticava contra seus animais. Ele havia açoitado um cavalo velho até a morte, havia matado suas vacas de fome, havia matado um cão jogando-o na fornalha, se divertia à noite fazendo os galos lutarem uns com os outros com lascas de lâmina de barbear presas em suas esporas. O sangue dos animais fervia de raiva quando ouviam essas coisas, e às vezes pediam permissão para saírem unidos para atacar a Fazenda Pinchfield, expulsar os humanos de lá e libertar os animais. Mas Berro os aconselhou a evitar ações precipitadas e a confiar na estratégia do camarada Napoleão.

No entanto, o sentimento contra Frederick continuava grande. Em uma manhã de domingo, Napoleão apareceu no celeiro e explicou que nunca havia considerado, em nenhum momento, vender a pilha de madeira para Frederick; ele considerava abaixo de si, disse, ter relações com malandros desse naipe. Os pombos que ainda eram enviados para espalhar a notícia da Revolução foram proibidos de pisar em qualquer lugar da Foxwood, e também foram ordenados a abandonar seu antigo slogan: "Morte à Humanidade" em favor de "Morte a Frederick". No final do verão, mais uma das maquinações de Bola de Neve veio à tona. A colheita de trigo estava cheia de ervas daninhas, e foi descoberto que em uma de suas visitas noturnas ele havia misturado sementes de ervas daninhas com as sementes de milho. Um ganso, que tinha sido informado sobre a trama, confessou sua culpa a Berro e imediatamente cometeu suicídio engolindo sementes mortíferas. Os animais também descobriram que Bola de Neve nunca tinha recebido a ordem de "Herói Animal, Primeira Classe", como muitos acreditavam até então. Esta era apenas uma lenda que havia sido espalhada algum tempo depois da Batalha do Estábulo pelo próprio Bola de Neve. Até então, ele havia sido censurado por mostrar covardia na batalha. Mais uma vez alguns dos animais ouviram isto com certa perplexidade, mas Berro logo foi capaz de convencê-los de que suas lembranças estavam erradas.

No outono, por conta de um esforço tremendo e exaustivo – pois a colheita tinha que ser feita quase ao mesmo tempo – o moinho de vento estava pronto. A maquinaria ainda tinha que ser instalada, e Whymper estava negociando sua compra, mas a estrutura foi concluída. Apesar de todas as dificuldades, apesar da inexperiência, das ferramentas primitivas, do azar e da traição de Bola de Neve, o trabalho tinha sido terminado no prazo! Cansados, mas orgulhosos, os animais davam voltas em torno de sua obra-prima, que parecia ainda mais bela aos seus olhos do que da primeira vez. Além disso, as paredes eram duas vezes mais grossas do que antes. Desta vez, só explosivos a derrubariam! E quando pensaram em como haviam trabalhado, em todo o desânimo que superaram, e a enorme diferença que o moinho faria em suas vidas quando as velas estivessem girando e os dínamos correndo – quando pensaram em tudo isso, seu cansaço os abandonou e eles pularam em volta do moinho de vento, proferindo gritos de triunfo. O próprio Napoleão, acompanhado por seus cães e seu galo, desceu para inspecionar o trabalho concluído; ele parabenizou pessoalmente os animais por sua realização, e anunciou que o moinho seria chamado de Moinho Napoleão.

Dois dias depois, os animais foram todos convocados para uma reunião especial no celeiro. Eles ficaram surpresos quando Napoleão anunciou que havia vendido a pilha de madeira a Frederick. No dia seguinte, as carroças de Frederick chegariam e começariam a levá-la. Durante todo o período de sua aparente amizade com Pilkington, Napoleão tinha feito um acordo secreto com Frederick.

Todas as relações com a Fazenda Foxwood haviam sido rompidas; mensagens ofensivas haviam sido enviadas à Pilkington. Os pombos foram avisados para evitar a fazenda Pinchfield e alterar seu slogan de "Morte a Frederick" para "Morte a Pilkington". Ao mesmo tempo, Napoleão assegurou aos animais que as histórias de um ataque iminente à Fazenda dos Animais eram completamente falsas, e que as histórias sobre a crueldade de Frederick para com seus próprios animais haviam sido muito exageradas. Todos estes rumores tinham provavelmente tido origem com Bola de Neve e seus agentes. Parecia que, no fim das contas, Bola de Neve não estava, afinal, escondido na Fazenda Pinchfield, e na verdade nunca havia estado lá em sua vida; ele estava vivendo – em considerável luxo, assim se dizia – em Foxwood, e tinha sido um hóspede de Pilkington por alguns anos.

Os porcos estavam em êxtase por causa da astúcia de Napoleão. Ao parecer amigável com Pilkington, ele tinha forçado Frederick a aumentar seu preço em doze libras. Mas a qualidade superior da mente de Napoleão, disse Berro, foi demonstrada pelo fato de que ele não confiava em ninguém, nem mesmo em Frederick. Frederick queria pagar pela madeira com algo chamado cheque, que parecia ser um pedaço de papel com a promessa de pagamento por escrito. Mas Napoleão era esperto demais para ele. Ele havia exigido o pagamento em notas de cinco libras, que deveriam ser entregues antes que a madeira fosse retirada. Frederick já havia pago; e a soma que ele havia pago era suficiente para comprar as máquinas para o moinho de vento.

Enquanto isso, a madeira estava sendo transportada em alta velocidade. Quando tudo se foi, outra reunião especial foi realizada no celeiro para que os animais inspecionassem as notas bancárias de Frederick. Sorrindo de forma bela, e vestindo suas duas condecorações, Napoleão repousou em uma cama de palha na plataforma, com o dinheiro ao seu lado, empilhado com cuidado em um prato de porcelana da cozinha da fazenda. Os animais foram passando lentamente, e cada um olhou seu conteúdo. Golias estendeu seu nariz para cheirar as notas do banco, e as frágeis coisas brancas se agitaram e fizeram barulhos com sua respiração.

Três dias depois, houve uma terrível algazarra. Whymper, com o rosto pálido como um cadáver, veio correndo pelo caminho de bicicleta, atirou-a no pátio e correu diretamente para a casa da fazenda. No momento seguinte, um estrondo de fúria soou pelos cômodos de Napoleão. A notícia do que havia acontecido acelerou em torno da fazenda como um incêndio. As cédulas eram falsas! Frederick tinha levado a madeira por nada!

Napoleão convocou os animais imediatamente e em uma voz terrível pronunciou a sentença de morte sobre Frederick. Quando capturado, disse ele, Frederick deveria ser fervido vivo. Ao mesmo tempo, ele os advertiu que, após este ato traiçoeiro, poderiam esperar pelo pior. Frederick e seus homens poderiam fazer seu tão esperado ataque a qualquer momento. Sentinelas foram colocadas em todos os acessos à fazenda. Além disso, quatro pombos foram enviados para Foxwood com uma mensagem conciliadora, na esperança de restabelecer boas relações com Pilkington.

Logo na manhã seguinte, começou o ataque. Os animais estavam tomando café da manhã quando os observadores chegaram correndo com a notícia de que Frederick e seus seguidores já tinham passado pelo portão de cinco grades. Os animais saíram com ousadia ao seu encontro, mas desta vez não tiveram a vitória fácil que tinham tido na Batalha do Estábulo. Havia quinze homens, com meia dúzia de armas, e eles abriram fogo assim que chegaram a cinquenta metros de distância. Os animais não puderam enfrentar as terríveis explosões e balas e, apesar dos esforços de Napoleão e Golias para reanimá-los, eles logo deram para trás. Alguns já estavam feridos. Eles se refugiaram nas instalações da fazenda e espreitaram cautelosamente por fora de fendas e buracos nas madeiras. Todo o grande pasto, incluindo o moinho de vento, estava nas mãos do inimigo. No momento seguinte, até mesmo Napoleão parecia estar perdido. Ele andava de um lado para o outro sem dizer nada, sua cauda rígida se agitava. Os animais olhavam melancólicos na direção da Foxwood. Se Pilkington e seus homens os ajudassem, o dia ainda poderia ser ganho. Mas neste momento os quatro pombos, que haviam sido enviados no dia anterior, voltaram, um deles levando um pedaço de papel de Pilkington. Nele estava rabiscado a lápis: "Bem feito!".

Enquanto isso, Frederick e seus homens tinham parado sobre o moinho de vento. Os animais os observavam, e um murmúrio de consternação se espalhou. Dois dos homens montaram um pé-de-cabra e um martelo de marreta. Eles iam derrubar o moinho de vento.

"Impossível!" gritou Napoleão. "Construímos paredes grossas demais para isso. Eles não conseguiram derrubá-lo em uma semana. Coragem, camaradas!".

Mas Benjamin estava observando atentamente os movimentos dos homens. Os dois com martelos e pés-de-cabra estavam fazendo um buraco perto da base do moinho de vento. Lentamente, e com um ar quase de diversão, Benjamin acenou com a cabeça com a cabeça.

"Bem que eu imaginei", disse ele. "Vocês não veem o que eles estão fazendo? Eles logo vão colocar pólvora naquele buraco".

Os animais esperavam aterrorizados. Agora era impossível aventurar-se fora do abrigo das instalações. Após alguns minutos, os homens foram vistos correndo para todos os lados. Depois houve um rugido ensurdecedor. Os pombos rodopiaram no ar, e todos os animais, exceto Napoleão, se atiraram de barriga para baixo e esconderam seus rostos. Quando se levantaram novamente, uma enorme nuvem de fumaça negra estava pendurada onde o moinho de vento havia estado. Lentamente, a brisa o afastou. O moinho de vento não estava mais lá!

Ao verem as ruínas, os animais ganharam uma nova coragem. O medo e o desespero que haviam sentido um antes foram superados por sua fúria contra este ato vil e desprezível. Um poderoso grito de vingança subiu, e sem esperar por ordens, eles se atiraram de uma só vez na direção dos inimigos. Desta vez eles não atentaram para as balas que caiam como granizo. Foi uma batalha feroz e amarga. Os homens atiravam repetidas vezes e, quando os animais chegavam perto, os acertavam com paus e suas botas pesadas. Uma vaca, três ovelhas e dois gansos foram mortos, e quase todos ficaram feridos. Até mesmo Napoleão, que estava dirigindo as operações da retaguarda, teve a ponta de sua cauda atingida. Mas os homens também não saíram incólumes. Três deles tiveram a cabeça partida por golpes dos cascos de Golias; outro foi chifrado na barriga por uma vaca; outro teve suas calças quase arrancadas por Mimi e Lulu. E quando os nove cães da guarda própria de Napoleão, instruídos a fazer um desvio sob a cerca, de repente apareceram no flanco dos homens, rosnando ferozmente, o pânico os atingiu. Eles viram que estavam correndo risco de serem cercados. Frederick gritou para que seus homens saíssem de lá enquanto o caminho estava limpo, e no momento seguinte o inimigo estava covardemente correndo pela própria vida.

Os animais os perseguiram até o final do campo, e deram alguns pontapés finais enquanto eles forçavam o caminho pela sebe espinhenta.

Eles tinham vencido, mas estavam cansados e sangrando. Lentamente eles começaram a mancar de volta para a fazenda. A visão de seus camaradas mortos estirados pela grama levou alguns deles às lágrimas. E eles ficaram no lugar onde antes o moinho de vento se erigia por algum tempo em um silêncio triste. Sim, ele tinha desaparecido; até o último vestígio de todo o trabalho tinha desaparecido! Até mesmo as fundações foram parcialmente destruídas. E, desta vez, não poderiam usar as pedras na reconstrução, porque elas também haviam desaparecido. A força da explosão as tinha atirado a distâncias de centenas de metros. Era como se o moinho de vento nunca tivesse existido.

Ao se aproximarem da fazenda, o Berro, que estava ausente durante a luta, veio pulando em direção a eles, assobiando sua cauda e sorrindo com satisfação. E os animais ouviram, da direção das instalações, a solene explosão de uma arma.

"Por que essa arma está sendo disparada?" disse Golias.

"Para celebrar nossa vitória!" gritou Berro.

"Que vitória?", disse Golias. Seus joelhos estavam sangrando, ele havia perdido uma ferradura e rachado o casco, e uma dúzia de pelotas se alojaram em sua pata posterior.

"Como assim 'que vitória', camarada? Não expulsamos o inimigo de nosso solo – o solo sagrado da Fazenda dos Animais?".

"Mas eles destruíram o moinho de vento. E nós trabalhamos nele por dois anos!".

"O que importa? Vamos construir outro moinho de vento. Construiremos seis moinhos de vento se tivermos vontade. Você não percebe, camarada, que fizemos algo poderoso. O inimigo estava ocupando este mesmo terreno em que nos encontramos. E agora – graças à liderança do camarada Napoleão – nós ganhamos de volta cada centímetro!".

"Então nós ganhamos de volta o que já tínhamos antes", disse Golias.

"Essa é a nossa vitória", disse Berro.

Eles mancaram para o pátio. As pelotas sob a pele de Golias se esmigalharam dolorosamente. Ele viu à sua frente o trabalho pesado de reconstruir o moinho de vento a partir das fundações, e já se imaginava executando a tarefa. Mas pela primeira vez lhe ocorreu que ele já tinha onze anos de idade e que talvez seus grandes músculos não fossem exatamente o que já haviam sido.

Mas quando os animais viram a bandeira verde voando e ouviram a arma disparando novamente – foram sete vezes ao todo – e o discurso que Napoleão fez, parabenizando-os por sua conduta, pareceu-lhes, depois de tudo, que haviam conquistado uma grande vitória. Os animais mortos na batalha receberam um funeral solene. Golias e Esperança puxaram a carroça que serviu de carro funerário, e o próprio Napoleão caminhou à frente da procissão. Dois dias inteiros foram dedicados às celebrações. Houve cantos, discursos e mais disparos da arma, e uma maçã foi dada para cada animal como um presente especial, além de um punhado de milho para cada ave e três biscoitos para cada cão. Foi anunciado que a batalha seria chamada a Batalha do Moinho de Vento, e que Napoleão havia criado uma nova decoração, a Ordem da Bandeira Verde, que ele havia conferido a si mesmo. Nos regozijos gerais, o infeliz caso das cédulas falsas foi esquecido.

Alguns dias depois, os porcos encontraram uma caixa de uísque nas adegas da casa da fazenda, negligenciada na época em que a casa foi ocupada pela primeira vez. Naquela noite, veio de lá um som alto de cantoria, na qual se misturavam acordes de "Animais da Inglaterra", para a surpresa de todos. Por volta das nove e meia, Napoleão, usando um velho chapéu coco do Sr. Jones, foi visto saindo pela porta dos fundos, galopando rapidamente pelo pátio, e desaparecendo dentro de casa novamente. Pela manhã, um profundo silêncio pairava sobre a casa da fazenda. Nenhum porco parecia se mexer. Eram quase nove horas quando Berro fez sua aparição, andando devagar e desanimado, com olhos apagados, cauda caída e aparência de doente. Chamou os animais e disse-lhes que tinha uma terrível notícia a transmitir. O camarada Napoleão estava morrendo!

Um grito de lamentação tomou conta de todos. Colocaram palha do lado de fora das portas da casa e os animais andaram por ali na ponta das patas. Circulava o rumor de que Bola de Neve tinha finalmente conseguido envenenar a comida de Napoleão. Às onze horas, Berro saiu para fazer outro anúncio. Como seu último ato sobre a terra, o camarada Napoleão havia pronunciado um decreto solene: o consumo de álcool deveria ser punido com a morte.

Capítulo VIII

À noite, no entanto, Napoleão parecia estar um pouco melhor e na manhã seguinte Berro avisou a todos que o líder estava se encaminhando para uma recuperação. Naquele dia de noite, Napoleão voltou ao trabalho, e no dia seguinte soube-se que ele havia instruído a Whymper a comprar em Willingdon alguns livretos sobre fabricação de cerveja e destilação. Uma semana depois, Napoleão deu ordens para que o pequeno campo atrás do pomar, que anteriormente era um pasto reservado para animais que já tinham passado da fase de trabalho, fosse arado. Deu-se a entender que o pasto estava exausto e precisava ser replantado; mas logo se soube que Napoleão pretendia semeá-lo com cevada.

Nessa época, ocorreu um estranho incidente que quase ninguém conseguiu entender. Uma madrugada, por volta da meia-noite, houve um estrondo no pátio, e os animais saíram correndo de suas baias. Era uma noite de luar. Ao pé da parede da extremidade do grande celeiro, onde estavam escritos os Sete Mandamentos, havia uma escada partida em dois. Berro, temporariamente atordoado, estava caído a seu lado, e perto dele havia uma lanterna, um pincel e um pote virado de tinta branca. Os cães imediatamente fizeram um círculo em volta do porco, e o acompanharam de volta à casa da fazenda assim que ele conseguiu andar. Nenhum dos animais conseguia imaginar o que isso significava, exceto o velho Benjamin, que acenou com a cabeça com um ar conhecedor, e parecia entender, mas não disse nada.

Alguns dias depois Muriel, lendo os Sete Mandamentos para si mesma, notou que havia mais um deles que os animais haviam decorado mal. Eles pensavam que o Quinto Mandamento era "Nenhum animal deve beber álcool", mas havia duas palavras que eles haviam esquecido. Na verdade, o Mandamento era: "Nenhum animal deve beber álcool *em excesso*".

CAPÍTULO IX

CAPÍTULO IX

O casco rachado de Golias levou um bom tempo para curar. Os animais haviam começado a reconstrução do moinho no dia seguinte ao término das comemorações da vitória. Ele se recusou a tirar um dia de folga sequer do trabalho e fez questão de não deixar que os outros vissem como estava sofrendo. À noite, ele admitiu para a Esperança que o casco o incomodava muito. A Esperança tentou tratar o casco com uma pasta que ela preparava mastigando ervas, e tanto ela quanto Benjamin incitaram Golias a trabalhar menos. "Os pulmões de um cavalo não duram para sempre", ela lhe disse. Mas isso entrou por um ouvido de Golias e saiu pelo outro. Tinha, segundo ele mesmo, apenas uma ambição na vida – ver a construção do moinho bem avançada antes de chegar à idade de se aposentar.

No início, quando as leis da Fazenda dos Animais foram formuladas pela primeira vez, a idade de aposentadoria havia sido fixada aos doze anos para cavalos e porcos, aos quatorze para vacas, aos nove para os cães, aos sete para as ovelhas e aos cinco para as galinhas e os gansos. Tinham combinado pensões generosas para aposentados por velhice. Até agora, nenhum animal havia realmente se aposentado e usado o benefício, mas o assunto era cada vez mais discutido recentemente. Agora que o pequeno campo depois do pomar havia sido reservado para a cevada, havia rumores de que um canto do grande pasto seria cercado e transformado em um pasto para animais aposentados. Diziam que a pensão de um cavalo seria de dois quilos de milho por dia e sete quilos de feno no inverno, além de uma cenoura ou até, quem sabe, uma maçã, nos feriados públicos. Golias faria doze anos no final do próximo verão.

Enquanto isso, a vida era difícil. O inverno estava tão frio quanto o último, e a comida era ainda mais escassa. Mais uma vez, todas as rações foram reduzidas, exceto as dos porcos e dos cães. Igualar a quantidade de ração entre todos os animais, explicou Berro, seria contrário aos princípios do animalismo. De qualquer forma, ele não teve grandes dificuldades para provar aos outros animais que na realidade eles *não* tinham escassez de alimento, por mais que parecesse que sim. Por enquanto, certamente, havia sido considerado necessário fazer um reajuste das rações (Berro sempre chamou isso de "reajuste", nunca de "redução"), mas se comparassem com a época de Jones veriam que a melhoria era enorme. Lendo os números com uma voz estridente e veloz, ele provou em detalhes que tinham mais aveia, mais feno e mais nabos do que tinham antes, que trabalhavam menos horas, que sua água era de melhor qualidade, que viviam mais tempo, que uma proporção maior de filhotes sobrevivia à infância, que tinham mais palha em suas baias e sofriam menos com pulgas. Os animais acreditavam em cada palavra. Verdade seja dita, Jones e tudo o que representava já tinha quase desaparecido de suas memórias. Eles sabiam que a vida hoje em dia era dura e difícil, que muitas vezes tinham fome e frio, e que estavam trabalhando sempre que não estivessem dormindo. Mas, sem dúvida, era pior nos velhos tempos. Eles ficavam felizes em acreditar que sim. Além disso, naqueles dias eram escravos e agora eram livres, e isso fez toda a diferença, como Berro não deixou de ressaltar.

Agora tinham bem mais bocas para alimentar. No outono, as quatro porcas tinham dado à luz, gerando trinta e um porquinhos no total. Os porcos jovens eram malhados e, como Napoleão era o único javali da fazenda, era fácil adivinhar a paternidade da cria. Anunciaram que mais tarde, quando tivessem adquirido tijolos e a madeira, construiriam uma sala de aula no jardim da fazenda. Por enquanto, os jovens porcos recebiam instruções do próprio Napoleão na cozinha da casa. Eles se exercitavam na horta e eram desencorajados a brincar com os outros filhotes. Também nesta época, foi estabelecido como regra que quando um porco e qualquer outro animal se encontrassem no mesmo caminho, o outro animal deveria ficar ao lado e abrir passagem; e também que todos os porcos, de qualquer escalão, deveriam ter o privilégio de usar fitas verdes em seus rabos aos domingos.

 A fazenda tinha tido um ano de bastante sucesso, mas ainda tinha pouco dinheiro. Precisavam comprar tijolos, areia e cal para a sala de aula, além de começar a economizar novamente para a maquinaria do moinho de vento. Precisavam comprar também óleo de lâmpada e velas para a casa, açúcar para a mesa de Napoleão (ele proibiu que outros porcos comessem açúcar, afirmando que isso os deixaria gordos), além das compras de rotina, como ferramentas, pregos, cordas, carvão, arame, ferro-velho e biscoitos para cães. Venderam uma meda de feno e parte da colheita de batata, e subiram o contrato dos ovos para seiscentos por semana, de modo que naquele ano as galinhas mal chocaram o número suficiente de ovos para manter a quantidade de filhotes no mesmo nível. As rações, reduzidas em dezembro, foram novamente reduzidas em fevereiro e, para economizar óleo, foi proibido acender lanternas nas baias. Mas os porcos estavam confortáveis o suficiente, e na verdade pareciam estar engordando. Uma tarde, no final de fevereiro, um aroma quente, rico e apetitoso, que os animais nunca haviam cheirado antes, se espalhou pelo pátio ao redor da pequena casa de fermentação que ficava além da cozinha, que já havia sido desativada no tempo de Jones. Alguém disse que era o cheiro de cevada cozida. Os animais farejavam o ar com fome e se perguntavam se um purê quente estava sendo preparado para seu jantar. Mas nenhum purê quente apareceu, e no domingo seguinte foi anunciado que a partir de agora toda a cevada seria reservada para os porcos. O campo além do pomar já havia sido semeado com cevada. E logo veio a notícia de que cada porco receberia agora uma ração de um litro de cerveja diariamente, além de meio galão para o próprio Napoleão, que o bebia na terrina da sopa de louça fina da Royal Crown Derby.

 Mas se havia dificuldades a serem suportadas, elas acabavam sendo compensadas pelo fato de que a vida tinha mais dignidade agora do que antes. Havia mais canções, mais discursos, mais procissões. Napoleão havia ordenado que uma vez por semana fosse realizado algo chamado

Demonstração Voluntária, cujo objetivo era celebrar as lutas e triunfos da Fazenda dos Animais. Na hora marcada, os animais deixariam seu trabalho e marchariam em torno das instalações da fazenda em formação militar, com os porcos à frente, seguidos pelos cavalos, pelas vacas, ovelhas e aves. Os cães circundariam a procissão e os galos pretos de Napoleão liderariam a fila. Golias e Esperança sempre levavam entre eles uma bandeira verde marcada com um casco e um chifre e a legenda: "Viva o camarada Napoleão!" Em seguida havia a recitação de poemas compostos em honra de Napoleão, um discurso de Berro com detalhes dos últimos aumentos na produção de alimentos e, ocasionalmente, um disparo da arma. As ovelhas eram as maiores devotas da Demonstração Voluntária, e se alguém reclamasse (como alguns animais às vezes faziam quando não havia porcos ou cães por perto) que elas desperdiçavam tempo e significavam ficar de pé no frio, as ovelhas com certeza gritariam o clássico "Quatro patas bom, duas patas ruim"! Mas, de modo geral, os animais apreciavam estas comemorações. Eles acharam reconfortante lembrar que, no fim das contas, eles eram seus próprios mestres e que o trabalho que faziam era em benefício próprio. E as canções, as procissões, as listas de produtividade de Berro, o estrondo da arma, o canto do galo e o tremular da bandeira fazia com que eles pudessem esquecer que suas barrigas estavam vazias, pelo menos por parte do tempo.

Em abril, a Fazenda dos Animais foi proclamada uma República, e tornou-se necessário eleger um presidente. Havia apenas um candidato, Napoleão, que foi eleito por unanimidade. No mesmo dia, foi divulgado que novos documentos haviam sido descobertos, revelando mais detalhes sobre a cumplicidade de Bola de Neve com Jones. Parecia que Bola de Neve não só havia tentado fazer com que os animais perdessem a Batalha do Estábulo por meio de um estratagema, como os animais haviam imaginado anteriormente, mas também tinha lutado abertamente do lado de Jones. Na verdade, era ele quem tinha sido o verdadeiro líder das forças humanas, e tinha proferido as palavras "Viva a Humanidade!" durante a batalha. As feridas nas costas de Bola de Neve, que alguns dos animais ainda lembravam ter visto, tinham sido infligidas pelos dentes de Napoleão.

Em meados do verão, o corvo Moisés reapareceu repentinamente na fazenda, após uma ausência de vários anos. Ele permaneceu bastante inalterado: ainda não trabalhava e ficou falando como sempre sobre a Montanha Doce de Açúcar. Ele se empoleirava em um toco, abanava suas asas negras e falava de hora em hora com qualquer um que o ouvisse. "Lá em cima, camaradas", ele dizia solenemente, apontando para o céu com seu grande bico – "lá em cima, do outro lado daquela nuvem escura ali – lá em cima está a Montanha Doce de Açúcar, aquele lugar feliz onde nós, pobres animais, descansaremos para sempre de nosso trabalho"! Ele até alegou ter estado lá em um de seus voos mais altos, e ter visto os campos infinitos de trevo e os pedaços de bolo de linhaça e açúcar crescendo em árvores. Muitos dos animais acreditavam nele. No momento, suas vidas eram, assim achavam, cheias de fome e trabalho; não era certo e justo que um mundo melhor existisse em outro lugar? Uma coisa que era difícil de entender era a atitude dos porcos para com Moisés. Todos eles declararam desdenhosamente que suas histórias sobre o Montanha Doce de Açúcar eram mentiras, e ainda assim permitiam que ele permanecesse na fazenda, sem trabalhar, com uma mesada diária de um pouco de cerveja.

    Depois que seu casco sarou, Golias trabalhou mais do que nunca. Na verdade, todos os animais trabalharam como escravos naquele ano. Além do trabalho regular da fazenda e da reconstrução do moinho de vento, havia a escola para os porcos jovens, que foi iniciada em março. Às vezes, era difícil superar as muitas horas com pouca comida, mas Golias nunca vacilou. Em nada do que ele dizia ou fazia havia qualquer indício de que sua força não era mais a mesma de antes. Apenas sua aparência estava um pouco alterada; seu pelo era menos brilhante do que costumava ser, e suas grandes pernas pareciam ter encolhido. Os outros diziam: "O Golias vai voltar ao peso normal quando a grama da primavera chegar"; mas a primavera chegou e ele não engordou nem um pouco. Às vezes, na encosta que leva ao topo da pedreira, quando ele se apoiava com seus músculos contra o peso de algum pedregulho grande, parecia que nada o mantinha em pé além da vontade de continuar. Em tais momentos, dava para ver seus lábios formando as palavras: "Vou trabalhar mais"; mas ele não tinha mais voz. Esperança e Benjamin o advertiram mais de uma vez para cuidar de sua saúde, mas Golias não prestou atenção. Seu aniversário de doze anos estava se aproximando. Ele não se importava com o que aconteceria, desde que um bom estoque de pedras fosse acumulado antes que ele entrasse na aposentadoria.

No final de uma noite de verão, um rumor repentino de que algo havia acontecido com Golias correu pela fazenda. Ele tinha saído sozinho para arrastar uma carga de pedra até o moinho de vento. E é claro que o boato acabou se mostrando verdadeiro. Alguns minutos depois, dois pombos vieram correndo com a notícia: "Golias caiu! Ele está deitado de lado e não consegue se levantar"!

Cerca da metade dos animais da fazenda correu para o morro onde estava o moinho de vento. Ali estava Golias, caído entre os eixos da carroça, seu pescoço esticado, incapaz até mesmo de levantar a cabeça. Seus olhos estavam vidrados e seu corpo estava molhado de suor. Um jato de sangue fino saía de sua boca. Esperança caiu de joelhos ao seu lado.

"Golias!", gritou. "Como você está?".

"Meu pulmão", disse Golias em voz fraca. "Mas isso não importa. Acho que você vai conseguir terminar o moinho sem mim. Há um bom estoque de pedras acumuladas. Eu tinha apenas mais um mês de trabalho, de qualquer forma. Para dizer a verdade, eu estava ansioso pela minha aposentadoria. E talvez, como Benjamin também está envelhecendo, eles o deixem se aposentar ao mesmo tempo para ser um companheiro para mim".

"Temos que conseguir ajuda imediatamente", disse Esperança. "Alguém corre contar para o Berro o que aconteceu".

Todos os outros animais correram imediatamente de volta à fazenda para dar a notícia. Somente Esperança permaneceu, além de Benjamin, que se deitou ao lado de Golias e, sem falar nada, manteve as moscas longe dele com seu longo rabo. Após cerca de um quarto de hora, Berro apareceu, cheio de simpatia e preocupação. Ele disse que o camarada Napoleão recebeu a notícia da desgraça de um dos trabalhadores mais leais da fazenda com muita angústia e já estava tomando providências para enviar Golias para ser tratado no hospital em Willingdon. Os animais se sentiram um pouco desconfortáveis com isso. Com exceção de Mollie e Bola de Neve, nenhum outro animal havia deixado a fazenda, e eles não gostavam de pensar em seu camarada doente nas mãos de seres humanos. Entretanto, Berro logo os convenceu de que o cirurgião veterinário de Willingdon poderia tratar o caso de Golias muito melhor do que qualquer um na fazenda. E cerca de meia hora depois, quando Golias se recuperou um pouco, ele conseguiu se levantar com dificuldade e mancar de volta para sua baia, onde Esperança e Benjamin haviam preparado uma boa cama de palha.

Durante os dois dias seguintes, Golias permaneceu em seu estábulo. Os porcos haviam enviado um grande frasco de remédio cor-de-rosa que haviam encontrado no baú de remédios no banheiro, e Esperança o administrou duas vezes ao dia após as refeições. À noite, ela deitava-se na baia de Golias e falava com ele, enquanto Benjamin mantinha as moscas longe. Golias confessou não se arrepender do que havia acontecido. Se tivesse uma boa recuperação, provavelmente viveria mais três anos, e ansiava pelos dias de paz que passaria no canto do grande pasto. Seria a primeira vez que ele teria tempo livre para estudar e melhorar sua mente. Ele pretendia, disse ele, dedicar o resto de sua vida a aprender as vinte e duas letras restantes do alfabeto.

Entretanto, Benjamin e Esperança só podiam ficar com Golias após o horário de trabalho, e ele foi levado embora ao meio-dia. Os animais estavam todos trabalhando, colhendo nabos sob a supervisão de um porco, quando ficaram surpresos ao ver Benjamin vir galopando da direção das instalações da fazenda, zurrando no alto de sua voz. Foi a primeira vez que eles viram Benjamin agitado – na verdade, foi a primeira vez que alguém o viu galopar. "Rápido, rápido!", gritou ele. "Venham imediatamente! Estão levando o Golias embora!" Sem esperar por ordens do porco, os animais interromperam o trabalho e correram de volta para as instalações. E como era de se esperar, encontraram lá no pátio um grande reboque fechado, puxado por dois cavalos, com um letreiro ao lado e um homem suspeito com um chapéu coco sentado na posição de condutor. E a baia de Golias já estava vazia.

Os animais se aglomeravam ao redor do veículo. "Adeus, Golias!", eles gritaram juntos. "Adeus!".

"Tolos! Tolos!" gritaram Benjamin, se mexendo inquieto e dando patadas no chão com seus pequenos cascos. "Tolos! Vocês não veem o que está escrito na lateral da carroça?"

Os animais fizeram uma pausa e houve um grande silêncio. Muriel começou a soletrar as palavras. Mas Benjamin a empurrou para o lado e, em meio a um silêncio mortal, leu:

"'Alfred Simmonds, Abate de Cavalos e Caldeira de Cola, Willingdon. Negociante de peles e farinha de ossos. Canil disponível'. Vocês não entendem o que isso significa? Eles estão levando o Golias para o abatedouro!"

Um grito de horror irrompeu de todos os animais. Neste momento, o homem chicoteou seus cavalos e o veículo saiu do pátio rapidamente. Todos os animais seguiram, gritando o mais alto que conseguiam. Esperança forçou seu caminho para a frente. A carroça começou a ganhar velocidade. Ela se agitou para correr e alcançou um galope. "Golias!", ela chorou. "Golias! Golias! Golias!". E justamente neste momento, como se tivesse ouvido o tumulto lá fora, o rosto dele, com a faixa branca no nariz, apareceu na pequena janela na parte de trás da carroça.

"Golias!" gritou Esperança com uma voz terrível. "Golias! Saia! Saia rapidamente! Eles estão te levando para a morte!"

Todos os animais repetiram o grito de "Saia, Golias, saia!", mas o veículo já estava ganhando velocidade e se afastando deles. Ninguém sabia se ele havia entendido o que a Esperança havia dito. Mas, um momento depois, seu rosto desapareceu da janela e os animais ouviram o som tremendo de bater de cascos dentro do veículo. Ele estava tentando dar um chute para fora. Havia uma época em que alguns pontapés dos cascos dele teriam facilmente esmagado a carruagem. Mas infelizmente sua força o havia deixado; e em poucos momentos o som dos cascos de bater os tambores ficou mais fraco e morreu. Em desespero, os animais começaram a pedir para os dois cavalos que puxavam a carroça parassem. "Camaradas, camaradas!" gritaram eles. "Não levem seu próprio irmão para a morte!" Mas eles eram brutos, estúpidos, ignorantes demais para perceberem o que estava acontecendo, apenas taparam seus ouvidos e aceleraram seu ritmo. O rosto de Golias não apareceu mais na janela. Alguém pensou tarde demais em correr na frente da carruagem e fechar o portão de cinco grades; mas a carruagem já havia passado por ela e desaparecido rapidamente pela estrada. O Golias nunca mais foi visto.

Três dias depois, foi anunciado que ele havia morrido no hospital em Willingdon, apesar de ter recebido toda atenção que um cavalo poderia ter. Berro veio para anunciar a notícia aos outros. Ele tinha, disse ele, estado presente durante as últimas horas de vida de Golias.

"Foi a visão mais comovente que já vi", disse Berro, levantando sua pata e enxugando uma lágrima. "Fiquei no seu leito de morte até o último momento. E no final, quase fraco demais para falar, ele sussurrou no meu ouvido que sua única tristeza foi ter caído antes que o moinho estivesse terminado. 'Avante, camaradas!', ele sussurrou. 'Avante, em nome da Revolução. Viva a Fazenda dos Animais! Longa vida ao camarada Napoleão! Napoleão está sempre certo'. Essas foram suas últimas palavras, camaradas".

Aqui o comportamento de Berro mudou repentinamente. Ele caiu em silêncio por um momento, e seus olhinhos ousaram olhar desconfiados de um lado para o outro antes de prosseguir.

Tinha chegado ao seu conhecimento, disse ele, que um rumor tolo e perverso havia circulado no momento da remoção de Golias. Alguns dos animais haviam notado que a carroça que o levou estava identificada como "Abate de Cavalos", o que fez com que chegassem à conclusão de que Golias estava sendo enviado para o batedor. Era quase inacreditável, disse Berro, que qualquer animal pudesse ser tão estúpido. Certamente, ele chorou indignado, balançando sua cauda e pulando de um lado para o outro, certamente eles conheciam seu amado Líder, o camarada Napoleão, melhor do que isso? Mas a explicação era realmente muito simples. A carroça havia pertencido anteriormente ao abatedouro, e havia sido comprada pelo cirurgião veterinário, que ainda não havia apagado o antigo nome. Assim que o erro surgiu.

Os animais ficaram imensamente aliviados ao ouvir isso. E quando Berro passou a dar detalhes explícitos do leito de morte de Golias, dos cuidados admiráveis que ele havia recebido e dos medicamentos caros pelos quais Napoleão havia pago sem pensar no custo, suas últimas dúvidas desapareceram e o pesar que sentiram pela morte de seu camarada foi suavizado pelo pensamento de que pelo menos ele havia morrido feliz.

O próprio Napoleão apareceu na reunião na manhã do domingo seguinte e pronunciou uma breve oração em honra de Golias. Não havia sido possível, lamentavelmente, disse ele, trazer de volta os restos mortais de seu camarada para serem enterrados na fazenda, mas ele havia ordenado que uma grande coroa de flores fosse feita com os louros do jardim para ser colocada sobre o túmulo de Golias. E dentro de alguns dias os porcos pretendiam realizar um banquete memorial em sua honra. Napoleão terminou seu discurso com um lembrete das duas máximas favoritas de Golias, "Vou trabalhar mais" e "O camarada Napoleão está sempre certo" – lemas que, disse ele, seria bom se cada animal adotasse como suas.

No dia marcado para o banquete, uma carruagem do merceeiro veio de Willingdon e entregou uma grande caixa de madeira na casa da fazenda.

Naquela noite, houve o som de um canto tumultuoso, que foi seguido pelo que parecia uma violenta briga e terminou por volta das onze horas com algum vidro quebrando. Ninguém se mexeu na casa da fazenda antes do meio-dia do dia seguinte, e a notícia de que de alguma maneira os porcos tinham conseguido o dinheiro para comprar outra caixa de uísque para eles correu pela fazenda.

CAPÍTULO X

CAPÍTULO X

Os anos se passaram. As estações chegavam e partiam e as vidas curtas dos animais passavam voando. Chegou o tempo em que mais ninguém se lembrava dos velhos tempos antes da Revolução, exceto Esperança, Benjamim, Moisés, o corvo, e alguns dos porcos. Muriel tinha morrido; Mimi, Lulu e Pipa tinham morrido. Jones também estava morto – ele havia morrido em um lar para alcoólatras em outro canto do país. O Bola de Neve foi esquecido. Golias foi esquecido, exceto pelos poucos que o conheceram. Esperança era agora uma égua velha e robusta, com articulações rígidas e com uma tendência a ter remelas nos olhos. Ela já tinha passado dois anos da idade de aposentadoria, mas na verdade nenhum animal jamais chegou a se aposentar. A conversa de reservar um canto do pasto para animais velhos já havia sido abandonada há muito tempo. Napoleão era agora um javali maduro de cento e cinquenta quilos. O Berro estava tão gordo que mal conseguia enxergar através do espaço que suas bochechas deixavam para os olhos. Apenas o velho Benjamin era quase o mesmo de sempre, exceto por ter mais pelos cinzas ao redor do focinho e, desde a morte de Golias, ter ficado mais rabugento e casmurro do que nunca.

Agora a fazenda tinha bem mais criaturas, embora o aumento não tenha sido tão grande como se esperava em anos anteriores. Para muitos dos animais jovens, a Revolução não passava de uma tradição confusa, transmitida de boca a boca, enquanto outros animais comprados nunca tinham ouvido falar sobre a Revolução antes de chegarem lá. A fazenda possuía agora três cavalos além da Esperança. Eram animais de bem, trabalhadores dispostos e bons camaradas, mas muito estúpidos. Nenhum deles se mostrou capaz de aprender o alfabeto além da letra B. Eles aceitaram tudo o que lhes foi dito sobre a Revolução e os princípios do animalismo, especialmente pela Esperança, por quem tinham um respeito quase filial; mas ninguém sabia ao certo se tinham entendido bem.

A fazenda era agora mais próspera e organizada: tinha até sido ampliada com compra de dois campos do Sr. Pilkington. O moinho tinha sido finalmente concluído com sucesso, e a fazenda possuía uma debulhadora e um elevador de feno, e várias novas construções tinham sido acrescentadas a ele. Whymper tinha comprado uma pequena carruagem para si mesmo. O moinho de vento, entretanto, não havia sido usado para gerar energia elétrica no fim das contas. Ele era usado para moer milho, o que trazia um belo lucro em dinheiro. Os animais estavam trabalhando duro na construção de mais um moinho de vento; quando este estivesse terminado, assim se dizia, os dínamos seriam instalados. Mas os luxos mencionados por Bola de Neve, que deixou os animais sonhando com baias com luz elétrica, água quente e fria e semanas com apenas três dias de trabalho não eram mais mencionados. Napoleão havia denunciado tais ideias como contrárias ao espírito do animalismo. A felicidade mais verdadeira, disse ele, estava em trabalhar duro e viver frugalmente.

De alguma forma, parecia que a fazenda tinha ficado mais rica sem tornar os próprios animais mais ricos – exceto, é claro, os porcos e os cães. Talvez isto se deva em parte ao fato de haver tantos porcos e cães. Não que essas criaturas não trabalhassem, dentro de suas possibilidades. Havia, como Berro nunca se cansava de explicar, uma quantidade interminável de trabalho na supervisão e organização da fazenda. Muito desse trabalho era do tipo que os outros animais eram ignorantes demais para entender. Por exemplo, Berro lhes disse que os porcos despendiam horas de trabalho diário em coisas misteriosas chamadas "arquivos", "relatórios", "atas" e "memorandos".

Estas eram grandes folhas de papel que tinham que ser cobertas de escrita, e assim que eram cobertas, eram queimadas na fornalha. Isto era da maior importância para o bem-estar da fazenda, disse Berro. Mas, mesmo assim, nem os porcos nem os cães produziam qualquer alimento com seu próprio trabalho; e eles eram muitos, e seus apetites eram sempre imensos.

Quanto aos outros, suas vidas eram, até onde sabiam, como sempre foram. Geralmente tinham fome, dormiam na palha, bebiam dos bebedouros, trabalhavam nos campos; no inverno, eram perturbados pelo frio, e no verão, pelas moscas. Às vezes, os mais velhos entre eles guardavam suas lembranças sombrias e tentavam determinar se nos primeiros dias da Revolução, quando a expulsão de Jones ainda era recente, as coisas eram melhores ou piores do que agora. Mas eles não conseguiam se lembrar. Não havia nada com que pudessem comparar suas vidas atuais: eles não tinham nada para se basear, exceto as listas de dados de Berro, que demonstravam invariavelmente que tudo estava ficando cada vez melhor. Os animais achavam o problema insolúvel; em todo caso, eles tinham pouco tempo para especular sobre tais coisas agora. Somente o velho Benjamin professou recordar cada detalhe de sua longa vida e saber que as coisas nunca haviam sido, nem poderiam ser, muito melhores ou muito piores – a fome, as dificuldades e o desapontamento sendo, assim disse, a lei inalterável da vida.

E, no entanto, os animais nunca perderam a esperança. Mais ainda, eles nunca perderam, mesmo por um instante, seu senso de honra e privilégio de serem membros da Fazenda dos Animais. Eles ainda eram a única fazenda em todo o condado – em toda a Inglaterra! – possuída e operada por animais. Nenhum deles, nem mesmo os mais jovens, nem mesmo os recém-chegados que haviam sido trazidos de fazendas a dez ou vinte milhas de distância, jamais deixaram de se maravilhar com isso. E quando eles ouviam a arma disparar e viam a bandeira verde tremulando no mastro, seus corações se enchiam de orgulho irrevogável, e a conversa voltava-se sempre para os velhos dias heroicos, a expulsão de Jones, a escrita dos Sete Mandamentos, as grandes batalhas nas quais os invasores humanos haviam sido derrotados. Nenhum dos velhos sonhos havia sido abandonado. A República dos Animais que o Major havia predito, quando os campos verdes da Inglaterra deveriam ser libertos de pés humanos, ainda era um sonho. O dia estava chegando: poderia não estar em breve, poderia não acontecer com os animais vivos agora, mas ainda assim estava chegando. Até mesmo a melodia de "Animais da Inglaterra" era cantarolada secretamente aqui e ali: de qualquer forma, era algo que todos os animais da fazenda conheciam, embora ninguém ousasse cantá-la em voz alta. Talvez suas vidas fossem difíceis e nem todas as suas expectativas tivessem sido cumpridas; mas eles estavam conscientes de que não eram como os outros animais. Se passavam fome, não era para alimentar seres humanos tirânicos; se trabalhavam duro, pelo menos trabalhavam para si mesmos. Nenhuma criatura entre eles tinha duas pernas. Nenhuma criatura chamava qualquer outra criatura de "Mestre". Todos os animais eram iguais.

Um dia, no início do verão, Berro ordenou que as ovelhas o seguissem, e as levou para um terreno baldio tomado por mudas de bétula no outro extremo da fazenda. As ovelhas passaram o dia inteiro lá sob a supervisão do Berro. À noite, ele voltou para a fazenda, mas, como estava quente, disse às ovelhas para ficarem onde estavam. No fim, elas ficaram lá uma semana inteira, sem contato nenhum com os outros animais. O Berro ficava com elas durante a maior parte do dia. Disse que estava lhes ensinando uma nova canção e precisa de privacidade.

Em uma noite agradável logo após o retorno das ovelhas, quando os animais tinham terminado o trabalho e estavam voltando para as instalações da fazenda, o relincho aterrorizado de um cavalo soou do pátio. Assustados, os animais pararam em seus lugares. Era a voz da Esperança. Ela relinchou novamente, e todos os animais arrombaram em galope e correram para o pátio. Então todos viram o que ela tinha visto.

Era um porco andando sobre suas patas traseiras.

Sim, era o Berro. Um pouco desajeitado, como se não estivesse acostumado a suportar sua considerável massa naquela posição, mas com perfeito equilíbrio, ele estava passeando pelo pátio. E no momento seguinte, da porta da casa, saiu uma longa fila de porcos, todos andando sobre suas patas traseiras. Alguns o faziam melhor do que outros, um ou dois estavam até um pouco instáveis e pareciam precisar do apoio de uma vara, mas cada um deles conseguiu dar uma volta inteira no quintal com sucesso. Finalmente, os cães ladraram e a gata preta deu um miado estridente, então veio o próprio Napoleão, majestosamente erguido, lançando olhares altivos de um lado para o outro, com seus cães empolgados à sua volta.

Capítulo X

Ele carregava um chicote em sua pata.

Havia um silêncio mortal. Espantados, aterrorizados e amontoados, os animais observavam a longa fila de porcos marchando lentamente ao redor do pátio. Era como se o mundo tivesse virado de cabeça para baixo. Depois veio um momento em que o primeiro choque havia passado e quando, apesar de tudo – apesar do terror dos cães e do hábito, desenvolvido durante longos anos de nunca reclamar, nunca criticar, não importando o que acontecesse – eles poderiam ter proferido alguma palavra de protesto. Mas naquele momento, como se fosse um sinal, todas as ovelhas explodiram em um tremendo balido de...

"Quatro pernas bom, duas pernas *melhor*! Quatro patas bom, duas patas *melhor*! Quatro patas bom, duas patas *melhor*!"

Isso continuou por cinco minutos sem parar. E, quando as ovelhas se acalmaram, a chance de protestar já havia passado, pois os porcos haviam voltado para a casa.

Benjamin sentiu um nariz zumbindo em seu ombro. Ele olhou em volta. Era Esperança. Seus olhos velhos pareciam mais escuros do que nunca. Sem dizer nada, ela o puxou suavemente pela crina e o levou até o final do grande celeiro, onde os Sete Mandamentos foram escritos. Durante um ou dois minutos eles ficaram olhando a parede marcada com as letras brancas.

"Minha visão está falhando", disse ela finalmente. "Mesmo quando eu era jovem, não conseguia ler o que estava escrito ali. Mas me parece que aquele muro está diferente. Os Sete Mandamentos são os mesmos que eram antes, Benjamin?"

Por uma vez Benjamin consentiu em quebrar sua própria regra, e leu para ela o que estava escrito na parede. Agora não havia nada lá, exceto um único Mandamento:

Todos os animais são iguais
Mas alguns animais são mais iguais do que outros

Depois disso, não pareceu estranho quando, no dia seguinte, os porcos que estavam supervisionando o trabalho da fazenda carregavam todos chicotes em suas patas. Não pareceu estranho saber que os porcos tinham comprado um rádio, estavam organizando a instalação de um telefone e tinham feito assinaturas das revistas *"John Bull"* e *"Tit-Bits"*, e do jornal *"Daily Mirror"*. Não parecia estranho quando Napoleão foi visto passeando no jardim da fazenda com um cachimbo na boca – não, nem mesmo quando os porcos tiraram as roupas do Sr. Jones do guarda-roupa e as vestiram, o próprio Napoleão aparecendo com um casaco preto, calças bufantes com botas de couro, enquanto sua porca favorita apareceu com o vestido leve de seda que a Sra. Jones costumava vestir aos domingos.

Uma semana depois, à tarde, uma série de carroças foi até a fazenda. Uma delegação de fazendeiros vizinhos havia sido convidada para fazer uma excursão de inspeção. Eles foram levados para todos os cantos da fazenda, e expressaram grande admiração por tudo o que viram, especialmente o moinho de vento. Os animais estavam trabalhando no campo de nabos. Eles trabalhavam diligentemente, mal levantando o rosto do chão, sem saber se deviam ter mais medo dos porcos ou dos visitantes humanos.

Naquela noite, gargalhadas e cantorias vieram da casa. E, de repente, ao som das vozes misturadas, os animais foram acometidos de curiosidade. O que poderia estar acontecendo ali, agora que pela primeira vez animais e seres humanos estavam se encontrando em termos de igualdade? Em comum acordo, eles começaram a rastejar o mais silenciosamente possível para o jardim da fazenda.

Eles pararam no portão, meio assustados para continuar, mas a Esperança liderou o caminho para dentro. Eles se inclinaram para a casa, e os animais que eram suficientemente altos se espreitaram na janela da sala de jantar. Lá, ao redor da longa mesa, sentavam-se meia dúzia de agricultores e meia dúzia dos porcos mais eminentes, o próprio Napoleão ocupando o assento de honra à frente da mesa. Os porcos pareciam completamente à vontade em suas cadeiras. A companhia vinha desfrutando de um jogo de cartas, mas havia feito uma pausa, evidentemente para fazer um brinde. Um grande jarro estava circulando, e as canecas estavam sendo reabastecidas com cerveja. Ninguém notou as faces curiosas dos animais que olhavam para dentro da janela.

O Sr. Pilkington, de Foxwood, havia se levantado com sua caneca na mão. Ele logo pediria, disse, que todos fizessem um brinde. Mas antes de fazer isso, havia algumas palavras que ele sentia que lhe competia dizer.

Foi uma fonte de grande satisfação para ele, disse – e, estava certo, para todos os outros presentes também – sentir que um longo período de desconfiança e mal-entendidos havia chegado ao fim. Houve um tempo – não que ele, ou qualquer um dos fazendeiros presentes, tivesse compartilhado tais sentimentos – mas houve um tempo em que os respeitados proprietários da Fazenda dos Animais foram considerados, não com hostilidade, mas talvez com uma certa dose de apreensão, por seus vizinhos humanos. Ocorreram infelizes incidentes, ideias equivocadas tinham corrido por aí. Tinha-se sentido que a existência de uma fazenda de propriedade de porcos e operada por porcos era de alguma forma anormal e poderia ter um efeito perturbador na vizinhança. Muitos agricultores haviam assumido, sem a devida investigação, que em tal fazenda prevaleceria um espírito de preguiça e indisciplina. Eles estavam nervosos com os efeitos sobre seus próprios animais e até mesmo sobre seus empregados humanos. Mas todas essas dúvidas foram agora dissipadas. Hoje ele e seus amigos haviam visitado a Fazenda dos Animais e inspecionado cada centímetro dela com seus próprios olhos, e o que encontraram? Não apenas os métodos mais atualizados, mas uma disciplina e uma ordenação que deveria ser um exemplo para todos os fazendeiros em todos os lugares. Ele acreditava estar certo ao dizer que os animais ali trabalhavam mais e recebiam menos comida do que os animais em qualquer outra fazenda do condado. De fato, hoje ele e seus colegas visitantes haviam observado muitas características que pretendiam introduzir imediatamente em suas próprias fazendas.

 Ele terminaria suas observações, disse ele, enfatizando mais uma vez os sentimentos amigáveis que subsistiam, e deveriam subsistir, entre a Fazenda dos Animais e seus vizinhos. Entre porcos e seres humanos não havia, e não precisava haver, nenhum conflito de interesses, seja qual fosse. Suas lutas e suas dificuldades eram uma só. O problema do trabalho não era o mesmo em todos os lugares? Então ficou evidente que o Sr. Pilkington estava prestes a fazer alguma graça cuidadosamente preparada, mas ele ficou tão impactado pelo seu próprio humor que foi incapaz de contar a piada em voz alta. Depois de muita asfixia, durante a qual seus vários queixos ficaram roxos, ele conseguiu: "Se vocês têm que lidar com animais inferiores", disse ele, "nós temos que lidar com nossas classes inferiores"! Esta tirada fez com que toda a mesa fosse tomada por risos; e o Sr. Pilkington mais uma vez parabenizou os porcos pelo baixo consumo de ração, pelas longas horas de trabalho e pela ausência geral de mimos que ele havia observado na Fazenda dos Animais.

E agora, disse finalmente, pediria a todos que se levantassem e se certificassem de que seus copos estavam cheios. "Cavalheiros", concluiu o Sr. Pilkington, "cavalheiros, eu lhes faço um brinde: À prosperidade da Fazenda dos Animais"!

Houve uma ovação entusiasmada e um bater de pés. Napoleão ficou tão grato que saiu de seu lugar e deu a volta na mesa para brindar com o Sr. Pilkington, dando uma batidinha leve entre as canecas antes de esvaziar a sua. Quando os aplausos se extinguiram, Napoleão, que havia ficado de pé, insinuou que ele também tinha algumas palavras a dizer.

Como todos os discursos de Napoleão, esse também foi curto e direto ao ponto. Ele também, disse, estava feliz pelo fim do período de mal-entendidos. Durante muito tempo houve rumores – circulados, tinha motivos para pensar, por algum inimigo maligno – que havia algo subversivo e até revolucionário na visão dele e de seus colegas. Acreditavam que eles tentavam provocar a rebelião de animais em fazendas vizinhas. Nada poderia estar mais longe da verdade! Seu único desejo, agora e no passado, era viver em paz e ter relações comerciais normais com seus vizinhos. Esta fazenda, que ele teve a honra de controlar, acrescentou, era uma empresa cooperativa. Os títulos de propriedade, que estavam em seu próprio poder, eram de propriedade conjunta dos porcos.

Ele não acreditava, disse ele, que qualquer uma das antigas suspeitas ainda persistisse, mas certas mudanças haviam sido feitas recentemente na rotina da fazenda, o que deveria ter o efeito de promover ainda mais a confiança. Até então, os animais da fazenda tinham um costume bastante tolo de se tratarem uns aos outros como "camarada". Isso seria suprimido. Havia também um costume muito estranho, cuja origem era desconhecida, de marchar todos os domingos de manhã passando pelo crânio de um javali que era pregado em um poste no jardim. Isto também seria suprimido e o crânio já havia sido enterrado. Seus visitantes também poderiam ter observado a bandeira verde que voava do mastro. Se assim fosse, eles talvez tivessem notado que o casco branco e a buzina com a qual ela havia sido marcada anteriormente tinham sido removidos. A partir de agora, seria uma bandeira verde simples.

Ele tinha apenas uma crítica, disse ele, a fazer ao excelente discurso do Sr. Pilkington. O Sr. Pilkington havia se referido a "Fazenda dos Animais".

Capítulo X

É claro que ele não podia saber – pois ele, Napoleão, estava anunciando isso pela primeira vez – mas o nome "Fazenda dos Animais" havia sido abolido. Daí em diante a fazenda seria conhecida como "Fazenda Solar" – que, ele acreditava, era seu nome correto e original.

"Cavalheiros", concluiu Napoleão, "Eu farei o mesmo brinde de antes, mas de uma forma diferente. Encham seus copos até a borda. Meus senhores, aqui está meu brinde: À prosperidade da Fazenda Solar"!

Houve o mesmo aplauso de antes, e as canecas foram esvaziadas até o fundo. Mas enquanto os animais do lado de fora olhavam para o local, parecia que alguma coisa estranha estava acontecendo. O que foi que havia mudado no rosto dos porcos? Os velhos olhos escuros de Esperança iam de um rosto para o outro. Alguns deles tinham cinco queixos, outros quatro, outros três. Mas o que foi que parecia estar fundindo e mudando? Então, os aplausos chegaram ao fim, a companhia pegou suas cartas e continuou o jogo que havia sido interrompido, e os animais saíram se arrastando silenciosamente.

Ainda não tinham se afastado mais de 20 metros quando pararam. Um alvoroço de vozes vinha da casa da fazenda. Eles correram de volta e olharam pela janela novamente. Sim, uma violenta briga estava em andamento. Havia gritos, pancadas sobre a mesa, olhares suspeitos, negações furiosas. A fonte do problema parecia ser que Napoleão e o Sr. Pilkington tinham jogado um ás de espadas simultaneamente.

Doze vozes gritavam raivosas e iguais. Agora não havia mais dúvidas sobre o que havia acontecido com os rostos dos porcos. As criaturas lá fora olhavam de porco para o homem, e de homem para porco, e de porco para homem novamente; mas já era impossível dizer quem era quem.

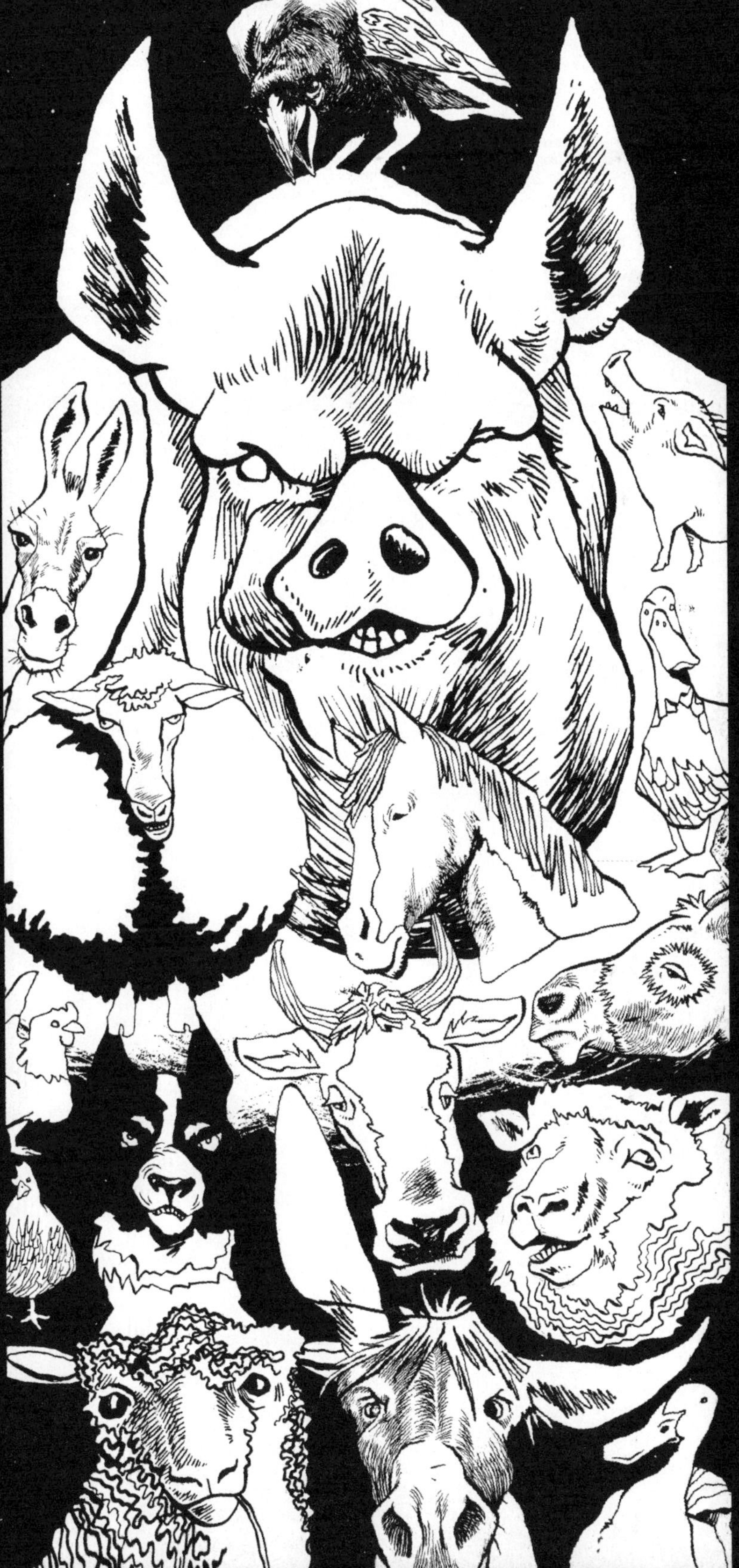

Acompanhe a LVM Editora nas Redes Sociais

[f] https://www.facebook.com/LVMeditora/

[○] https://www.instagram.com/lvmeditora/

Esta obra foi composta pela Spress em
Baskerville (texto) e Caviar Dreams (título) e impressa em Pólen 80g.
pela Gráfica Viena para a LVM em abril de 2022.